1920년대 재조일본인 시나리오 선집

이 저서는 2007년 정부(교육과학기술부)의 재원으로 한국연구재단의 지원을 받아
수행된 연구임(NRF-2007-362-A00019).

1920년대
재조일본인
시나리오 선집

임다함 편역

역락

머리말

　일제강점기 조선총독부의 지배를 받던 식민지 조선에서 만들어
진 영화를 과연 '한국영화사'의 범주에 넣을 수 있을 것인가. 일제
강점기의 조선에서 제작된 '조선영화'의 '국적'을 둘러싼 문제는 해
방 이후 한국영화사 연구자들의 가장 큰 쟁점이었다. 이 논쟁의 근
원에는 한국인에 의한 영화 제작의 역사만을 한국영화통사로서 인
정하려는 연구자들의 노력이 있었다고 할 것이다. 때문에 오랜 시
간 일제강점기 조선영화에 관한 연구는 '(일본의) 억압과 (조선의)
저항'의 역사로서의 조선영화사를 논해왔다.[1]
　그러나 이러한 관점으로는 결코 단일하지 않은 국적의 영화 제
작주체가 혼재하고 있었던 이 시기 조선영화계의 실상을 총체적으
로 파악하기 어려운 것이 사실이다. 예를 들어 현존하는 15편의
'조선영화' 중에도 일본인 제작자와 일본인·조선 영화인 스태프에

---

[1] '조선영화'의 국적을 둘러싼 그간의 논쟁에 관해서는 김한상, 「영화의 국적 관
　념과 국가 영화사의 제도화 연구-'한국영화사' 주요 연구문헌을 중심으로」(『사
　회와역사』 제80집, 2008)를 참조할 것.

의해 만들어진 영화 <미몽>(1936)처럼, 일종의 '조일(朝日)합작' 형태로 제작된 영화가 대부분이다. 일제강점기의 조선영화계에서는 자본력·기술 등의 제작 여건 및 제도적 한계로 인하여 '순수하게' 조선 영화인만의 기술과 자본으로 제작된 조선영화가 존재하기 어려운 상황이었던 것이다. 이는 영화 제작주체의 국적을 중심으로 조선영화사를 서술하는 것이 일제강점기의 조선영화계를 파악함에 있어 그다지 유효하지 않다는 사실을 대변한다.

이에 최근 일제강점기의 조선영화에 관한 연구 분야에서는 '지배와 피지배', '탄압과 저항'이라는 이분법적 구도로 조선영화사를 논해온 종래 연구 방법과 거리를 두고, 이 시기의 조선영화계를 보다 다각적으로 파악하려는 시도가 속속 등장하고 있다.[2] 일국영화사의 영역을 넘어 일제강점기 조선영화계를 총체적으로 조망하려는 이러한 연구들이 등장하기 시작한 것은, 한국영화사의 연구영역을 확장시켰다는 점에서 매우 의미 있는 성과라 할 수 있다. 이러한 일련의 연구는 일제강점기의 조선에서 영화가 제작·흥행되고 관객에게 수용되었던 공간 - 즉, 조선영화계의 중심지였던 식민지 조선의 수도 '경성(京城)'에 다시금 주목하고 있는데, 이 과정에서 기존

---

2) 대표적인 연구로 이화진, 『조선영화 – 소리의 도입에서 친일까지』(책세상, 2005), 김려실, 『투사하는 제국 투영하는 식민지-1910~1945년의 한국영화사를 되짚다』(삼인, 2006), 이영재, 『제국일본의 조선영화』(현실문화연구, 2008) 등이 있다.

연구에서 등한시해온 존재의 영화 관련 활동을 새롭게 부각시켰다. 바로 조선총독부의 식민정책에 의식/무의식적으로 동조하면서 '외지' 조선에 거주하던 '재조일본인(在朝日本人) 영화인'이다.

앞서 언급한대로 조선에 수입된 영화라는 새로운 미디어가 근대산업으로, 그리고 하나의 예술 장르로 정착하기까지 식민지 조선에 거주했던 '재조일본인'의 영화 관련활동은 영화의 제작 및 흥행 전반에 걸쳐 무시할 수 없는 큰 비중을 차지함에도 불구하고, 그동안 영화 제작주체의 국적을 중심에 두어왔던 일제강점기 한국영화사 서술에서 그들의 존재는 완전히 무시되어왔다. 때문에 그동안 "전체상을 담아내지 못하는 반쪽짜리 서술에 그쳤다고 해도 과언이 아닌"3) 이 시기 조선영화사 서술의 한계를 극복하는 대안으로서도, 재조일본인들의 조선에서의 영화 관련 활동을 실증적으로 고찰하는 것은 매우 시급한 과제라고 할 것이다.

그러나 현재 재조일본인에 관한 연구가 한국과 일본 양국에서 문학·역사·정치·사회학 등 다양한 분야에 걸쳐 활발하게 전개되고 있는 데 비해, 재조일본인과 영화에 대해 구체적으로 규명한 연구는 아직까지는 찾아보기 쉽지 않은 상황이다.4) 이러한 상황에

---

3) 정종화, 「식민지 조선영화의 일본인들 : 무성영화시기 일본인 제작사를 중심으로」, 『일본어 잡지로 본 조선영화』 2, 한국영상자료원, 2011, 346쪽.
4) 일제강점기 조선영화계와 관련을 맺었던 재조일본인에 관해 다룬 최초의 연구는 이중거의 논문 「日帝下韓國映畵에 있어서의 日本人·日本資本의 役割에 關

서 2013년 고려대학교 일본학 연구센터에서 잡지 『조선공론(朝鮮公論)』과 『조선급만주(朝鮮及滿洲)』의 영화 관련기사를 편역한 자료집 『일본어 잡지로 보는 식민지 영화』(전3권)를 간행했다. 이 자료집은 일제강점기 재조일본인 독자를 대상으로 발행되었던 일본어 잡지 『조선공론』과 『조선급만주』에 실린 영화 관련기사 중에서 영화 시나리오와 줄거리 소개 등의 창작물을 제외한 기사, 즉 영화 관련 논설문 및 영화 촌평, 그리고 영화팬 전용 독자투고란을 번역해 싣고 있다.[5]

그런데 이 자료집에 실린 기사의 수만 단순 비교해보아도 『조선급만주』에 게재된 영화 관련기사가 1914년~1941년까지 40편인 데 비해, 『조선공론』은 1913년~1942년까지 191편에 이르는 영화 관련기사를 싣고 있었음을 알 수 있다.[6] 이는 『조선공론』의 편집진이

한 研究」(『中大論文集』제27집, 1983년) 라고 볼 수 있다. 이 논문은 재조일본인의 이익 독점으로 자본의 순환이 원활하게 이루어지지 못했던 것이 조선영화의 발전을 저해한 요인이었다고 지적하고 있다. 이후 일제강점기 조선영화계에 재조일본인이 미친 영향에 대한 주목할 만한 연구로는 한상언, 『활동사진시기의 조선 영화산업연구』(한양대 박사학위 논문, 2010)와 정종화, 『조선 무성영화 스타일의 역사적 연구』(중앙대 박사학위 논문, 2012), 양인실, 「제국-식민지를 이동하는 영화인들」(박광현·신승모 편 『월경(越境)의 기록 : 재조(在朝)일본인의 언어·문화·기억과 아이덴티티의 분화』, 어문학사, 2013)등이 있다.

5) 각 권에 수록된 기사의 게재 시기는 다음과 같다.
  제1권 1908~1923년, 제2권 1924~1933년, 제3권 1934~1944년.

6) 본 편역서 역자의 조사 결과, 자료집에 실리지 않은 창작물(영화 시나리오 및 줄거리 소개)과 누락된 영화 관련기사까지 합하면 『조선급만주』에 게재된 영화 관련 게재물이 1914년~1941년까지 51편, 『조선공론』은 1913년~1942년까지

영화 관련기사에 상당한 비중을 두고 있었다는 점과 함께 『조선공론』이 재조일본인의 영화문화를 탐색함에 있어 매우 중요한 자료임을 알려준다. 하지만 『조선공론 총목차・인명색인』에는 독자투고란이나 영화 비평 코너 등의 영화 관련기사가 대부분 생략되어 있으며, 한국영화사 연구 분야에서도 기사가 부분적으로 인용되는 일은 있어도 잡지 『조선공론』이라는 매체 자체와 영화의 관계에 대한 연구는 전무하다.[7]

이에 본 편역서의 역자는 잡지 『조선공론』에 '영화란(映畵欄)'이 탄생하기까지의 배경과 그 편집 방침을 분석함으로써 당시 재조일본인들이 영화문화를 형성해가는 과정에서 『조선공론』의 영화란이 담당한 역할에 대해 고찰한 바 있으며[8], 본 편역서를 통해 자료집 『일본어 잡지로 보는 식민지 영화』에 실리지 않은 창작물 중 재조일본인 영화인이 『조선공론』에 기고한 시나리오 두 편을 번역 소개하고자 한다.

232편이다.

7) 잡지 『조선공론』에 대한 연구는 다음의 논고를 참조했다. 윤소영, 「해제」(『조선공론 총목차 인명색인』 수록), 송미정, 『『朝鮮公論』 소재 문학적 텍스트에 관한 연구─재조일본인 및 조선인 작가의 일본어 소설을 중심으로』(국민대 박사학위 논문, 2008), 김청균, 「일본어잡지 『朝鮮公論』(1913~1920)의 에세이와 한국인식」 (『翰林日本學』第18輯, 2011).

8) 졸고 「잡지 『조선공론』 영화란의 탄생과 재조선 일본인 영화문화의 태동」, 『비교문학』 제65집, 2015.

본 편역서에 실린 두 편의 영화 시나리오 『그녀는 도약한다(彼女は躍り跳ねる)』와 『조선행진곡(朝鮮行進曲)』의 작자인 미쓰나가 시초(光永紫潮)에 대해서는 현재 알려진 바가 거의 없으나, 그가 꾸준히 잡지 『조선공론』에 투고한 영화관련 기사 및 시나리오와 『조선공론』에 실린 조선영화계 관련 기사의 내용으로 미루어 대략적인 이력을 추정할 수 있다. 이에 따르면 그는 1925년경 '조선영화예술협회(연구회)'의 회원이었고 1928년에는 조선의 영화제작프로덕션인 도쿠나가 교육영화촬영소(德永教育映畵撮影所)의 촬영감독으로서 각종 선전영화와 교육영화의 제작에 관여했으며 1929년경에는 '조선무대협회'의 감독을 역임했다. 또한 1932년에는 경기도 경찰부의 교통선전영화 각본 심사위원으로 참여하는 등, 1920년대에서 1930년대 초반에 걸쳐 일제강점기 조선영화계에서 맹활약하던 영화인이었다.[9]

특히 그가 『그녀는 도약한다』를 연재할 당시 속해 있던 '조선영화예술협회'는 당시 신문기사로 미루어 볼 때 이구영(李龜永) 감독이 이끌던 영화제작소로 추정되는데[10], 이구영 감독은 1927년 3월 발족한 동명(同名)의 '조선영화예술협회'에도 참여하고 있어, 미쓰나가가 소속되어 있던 '조선영화예술협회'가 그 전신(前身)일 가능성

---

9) 쓰쿠시 지로, 「키네마광 시대인가」, 『조선공론』 1928년 3월호, 3의 20쪽.
10) 동아일보 1925년 11월 24일.

을 제기할 수 있다. 1927년 발족한 '조선영화예술협회'는 카프 영화운동의 출발점이 된 단체로 잘 알려져 있는데[11], 『그녀는 도약한다』 역시 조선제사회사(朝鮮製絲會社)의 노동쟁의를 주된 줄거리로 삼고 있다는 점 역시 이 동명의 두 협회가 동일 단체일 가능성에 무게를 실어준다고 할 수 있다.

한편 1929년 연재된 『조선행진곡』은 같은 해 9월 12일부터 10월 31일까지 경성에서 열린 조선박람회를 선전하는 총독부 선전영화의 색채가 짙은 내용을 담고 있으며, '경성역', '카페 마루비루', '남산공원' 등 당시 경성의 명소가 각 장면의 배경으로 배치되어 조선의 지방색을 드러내는 것이 특색이다.

그런데 한 가지 더 주목할 만한 점은, 『조선행진곡』이 연재되기 직전인 1929년 5월의 일본에서는 잡지 『킹(キング)』에 연재됐던 기쿠치 칸(菊池寬)의 인기소설 『도쿄행진곡(東京行進曲)』이 닛카츠(日活)에서 미조구치 겐지(溝口健二) 감독에 의해 영화화 되어 흥행에 성공을 거두었고, 삽입곡인 <도쿄행진곡>도 크게 유행하면서 '지방행진곡 붐(ご当地行進曲ブーム)'이라 불릴 만큼 선풍적인 인기를 끌었다는 사실이다. 때문에 미쓰나가가 시나리오에 『조선행진곡』이라는 제목을 붙이고 극 중에 <조선행진곡>이라는 노래를 삽입한 것

---

11) 이영일, 『한국영화전사(개정증보판)』, 소도, 2004. 김수남, 『광복이전 조선영화사』, 월인, 2011.

은, 그가 당시 일본영화 흥행계의 유행을 의식적으로 도입하려 했음을 미루어 짐작할 수 있다.

이처럼 잡지 『조선공론』에 실린 재조일본인 영화인 미쓰나가 시초의 두 편의 시나리오는, 지금까지 밝혀지지 않았던 1920년대~1930년대 조선영화계에서의 조선 영화인과 재조일본인 영화인의 교류 및 당시의 조선영화계와 일본영화계의 유행의 흐름까지도 엿볼 수 있는 단서를 제공하는 매우 중요한 자료라고 할 수 있다. 이에 본 편역서를 시작으로 일제강점기 재조일본인의 시나리오 및 영화관련 기사를 지속적으로 소개함으로써 그들의 영화 관련활동을 면밀하게 파악하고, 나아가 당시 조선과 일본영화계의 상호 교류·교섭 양상을 이해함으로써 일제강점기 조선영화계를 총체적으로 파악하는 데 도움이 되고자 한다.

끝으로 본 편역서의 번역과 출간의 기회를 주신 고려대학교 글로벌일본연구원과 도서출판 역락에 깊이 감사드린다.

2015. 6.

편역자 임다함

차 례

일러두기

1. 수록된 작품은 원문 그대로 게재하는 것을 원칙으로 한다. 본문 중 부적절한 경칭이나 표현도 시대적 상황을 살리기 위해 원문 그대로 실었다.
2. 일본인의 이름 및 일본 지명은 일본식 발음으로 표기하고 한자나 히라가나를 원문 그대로 병기하였다.
3. 한자어로 된 단어나 고유명사의 경우 보다 정확한 의미 전달을 위해 필요시 한자를 원문 그대로 병기하였다.
4. 원문의 '씬(scene)' 구분 기호인 'O' '( )' 등을 모두 '#' 기호로 통일하였다.
5. 자막과 지문 사이는 한 줄을 띄워 구분하였다.
6. 시나리오 용어는 가급적 원문에 나온 표현과 순서대로 번역하였으며 보다 정확한 전달을 위해 필요시 한자로 표기하고 주석을 달았다.
7. 문맥상 오자(誤字)임이 명백한 고유명사나 장면번호가 틀린 경우에 한해 수정을 하였고, 그 외의 오류 및 오기(誤記)에 대해서는 주석 처리를 하였다.

‖ 현대영화 ‖

『그녀는 도약한다』
(상편)
(무단촬영 금지)

●

미쓰나가 시초(光永紫潮)

현대영화 『그녀는 도약한다(彼女は躍り跳ねる)』 전5권(全5卷)

작가 미쓰나가 시초(光永紫潮)

작가 소개 생몰년 및 출신지 미상. 1925년경 '조선영화예술협회(연구회)'의
　　　　　회원이었고 1928년 조선의 영화제작프로덕션인 '도쿠나가 교육영화촬영
　　　　　소(德永敎育映畵撮影所)'의 촬영감독으로서 각종 선전영화와 교육영화의 제
　　　　　작에 관여했으며 1929년경에는 '조선무대협회'의 감독을 역임했다. 또한
　　　　　1932년에는 경기도 경찰부의 교통선전영화 각본 심사위원으로 참여하는
　　　　　등 1920년대에서 1930년대 초반에 걸쳐 일제강점기 조선영화계에서 맹활
　　　　　약하던 영화인이었다.

연재매체 및 기간 『朝鮮公論』 1925년 11월호~1926년 1월호(총 3회 연재)

서사(序詞)

잔혹한 미소가…문득 붉은 입술을 스쳐 지났다.

묵직한 검은 문을 닫으며 비밀스레 기어 나온 영혼

이곳은 악(惡)의 세계

현혹하는 듯한 색채가 날카롭게 그를 이끈다.

나긋한 여인들이 지상 낙원을 간구하고

그녀는, 도약한다.

배역

1. 다케가미 미쓰노신(武上滿之進)

조선총독부 칙임고등관으로서 몇 년간 열심히 일했다. 살찐 가슴에 장

식된 훈장이 그의 공훈을 대변한다. 스스로의 몸가짐에 있어 지극히 근엄하게 처신해왔기에 세상의 신망도 두텁다.

2. 그의 부인 노부코(信子)

화류계 출신인 전 부인이 죽은 뒤 맞이한 두 번째 부인. 미쓰노신과는 20세 이상이나 연배 차이가 나며 여대를 졸업한 새로운 사상의 소유자이다. 미쓰노신의 근엄함과 비교하면 매우 대담하며 개방적이라 할 수 있을 것이다. 응접실에는 서양의 명화를 걸고 피아노를 놓아두고, 때때로 젊은 문학청년들을 초대하여 대담한 대화를 나눈다. 문학청년들은 그녀를 '공작새 여왕'이라 부르고 있다. 미쓰노신의 마음 속 깊은 그림자는 그로부터 기인한 것이다.

3. 스다 다카아키(須田高明)

분명하고 투철한 철학자와 같은 태도를 지녔고, 근대사상을 잘 안다. 아름다운 외모를 이용하여 다케가미 노부코의 환심을 사고 미쓰노신에게 접근하여 그의 집에 기숙한다. 노부코의 조카딸 오세 요시코를 유혹하여 결국은 다케가미 일가를 몰락시킨다. 예리하고 급진적이며 모든 일에 쉽게 집착하고, 쉽게 질리는 성격의 중년 남자.

4. 오세 요시코(櫻瀨欣子)

제1권에서는 한성 제1고등여학교의 여학생이지만 나중에 비참한 처지로 전락하여 이광주의 도움을 받는다.

5. 사카이 준코(酒井淳子)

요염한 근대적 여성이자 조선제사회사(朝鮮製絲會社)의 여직원. 사장인 곤도 에이스케의 비서로서 그의 총애를 받고 있으며, 사원인 스다 다카아키의 정부.

6. 의문의 남자 이광주(李光珠)

사정이 있어 스다 다카아키를 몹시 싫어한다. 항상 음으로 양으로 그의 부도덕함을 방해하는데 결국 실수로 다카아키를 칼로 찌르고, 요시코를 구한다.

7. 사장 곤도 에이스케(近藤榮輔) 자작

조선 굴지의 부호. 실업계와 정계에서 유명한 수완가.

8. 곤도의 아들 공학사 곤도 다쓰야(近藤達也)

순정한 청년, 따뜻한 온정의 소유자. 조선인 노동자들이 믿고 따른다. 노동쟁의 때 아버지와 대립하여 곤도가의 호적을 버린다.

제1권 애별(哀別)편

(자막) 그날 노부코는 젊은이들을 초대하여 만찬회를 열었다.
　　　만찬이 끝난 뒤의 연회장

장면 1
경성대학 제복을 입은 젊은 학생들, 일본옷 차림의 청년들과
스다, 노부코, 요시코들이 한데 어울려 식당을 나선다. (전경)[1]

장면 2
화려하게 차려입은 노부코 부인, 다른 사람들보다 뒤처져 복도
의 대형 거울 앞에서 화장을 고친다.
누군가를 기다리는 기색. (7分身)[2]

장면 3
젊은 대학생들은 연회장의 의자에 앉고
요시코, 준코는 가정부와 함께 커피와 과자를 나누어주며

---

1) 全景.
2) 상반신의 화면(Bust).

20

담소하고 있다. (전경)

장면 4

스다가 뒤늦게 식탁에서 일어나, 넥타이를 고쳐 매며 식당을
나선다. (7分身)

장면 5

거울에 비치는 노부코의 초조한 표정.

곧 거울 속으로 스다가 나타난다.

노부코 깜짝 놀라 미소를 짓는다.

등 뒤로 무언가 적힌 종이를 내민다. (7分身)

장면 6

노부코의 화려한 무늬의 허리띠 근처에서

스다, 재빨리 편지를 받는다. (大寫)[3]

장면 7

노부코, 스다와 함께 연회장으로 들어선다.

젊은 문학청년들이 일어나 맞이한다. 스다는 피아노에 기대선

---

3) 클로즈업(Close Up).

다. 이따금 뒤돌아보며 요시코에게 시선을 준다. (전경 이동)

장면 8
스다의 태도를 눈치 챈 노부코, 상냥하면서도 위엄 있게 말한
다.

(자막) 지금 스다 씨께서 <청원(淸怨)>을 연주해 주신다네요

장면 9
청년들, 일제히 피아노 쪽으로 시선을 보낸다.
어떤 사람은 박수를 치고, 어떤 사람은 발을 구른다.
가볍고 밝은 분위기.
스다가 연주를 시작한다.

장면 10
<청원>의 악보 (장면5와 장면6의 重寫[4], 순간)
이어서 요시코의 우울한 표정,
그 다음으로 스다가 연주하는 모습의 순서로 장면이 돌아오면
연주가 끝난다.

---

4) 오버랩(overlap).

장면 11

열심히 듣던 젊은 청년들 박수를 친다.

요시코는 우울한 표정이고, 노부코는 호들갑스럽게 칭찬한다.

노부코가 가져온 커피를 마신다. 곧 스다가 연회장을 떠난다.

장면 12

스다, 화장실로 와서 아까 노부코에게서 받은 쪽지를 본다. (7 分身)

(자막) 오늘밤 8시

장면 13

스다, 쪽지를 보며 불쾌한 표정으로 중얼거린다.

(자막) 그런 짓을 하면 요시코가 가엾지.

장면 14

연회장에서는 다 같이 트럼프 게임을 하고 있다.

요시코, 발소리를 죽이며 연회장을 빠져나간다.

그리고 발코니로 나온다. (이동, 전신 흐리게)

장면 15

스다, 유리 너머로 이 모습을 본다. 그리고 발코니로 나간다.
(이동)

장면 16

요시코, 눈에서 눈물을 뚝뚝 떨어뜨리며 소리 죽여 울고 있다.

달빛이 무심히 비추고 있다.

스다, 발소리를 죽이고 등 뒤로 다가가 어깨를 두드려 놀라게

한다.

요시코가 돌아본다. 그리고 무너지듯이 스다의 가슴에 얼굴을

묻는다.

(자막) 저, 저는 살아갈 수가 없어요

장면 17

요시코, 눈물로 빛나는 눈동자를 들어 스다를 본다.

그리고 참느라 떨리는 입술을 호소하듯 신경질적으로 움직인

다. (大寫)

장면 18
스다, 상냥하게 요시코의 어깨에 손을 얹은 채 말한다. (전신)[5]

(자막) 요시코 씨, 잘 압니다. 왜 울어요. 이제 앞으로 한 달만 참으면 되잖아요?

장면 19
요시코, 계속해서 울음을 그치지 않는다.
스다, 미심쩍은 듯 요시코의 얼굴을 들여다보며 묻는다.
"왜 그러십니까. 오늘밤에는 다른 걱정이라도 생긴 겁니까?"
몇 번이나 달래듯이 묻자 그녀는 임신한 것 같다는 사실과, 숙모인 노부코가 제사회사 사장인 곤도 에이스케의 아들 공학사 다쿠야와의 결혼을 권하고 있다는 사실을 밝힌다.

(자막) 그리고 숙모님은 혼자서 그걸 다 결정하셨어요.
　　　　하지만 전 죽어도 싫어요

장면 20
트럼프 게임의 승부가 정해진다. 대학생 중 한 사람이 카드를

---

5) 全身.

모아 섞는다.

노부코, 문득 스다가 없다는 것을 깨닫는다.

벌떡 일어나 유리창 너머로 밖을 내다본다.

(스다와 요시코가 비밀스럽게 얘기하고 있는 것이 희미하게 보인다)

노부코의 얼굴이 긴장한다.

장면 21

스다와 요시코가 얘기하고 있는 곳으로 발소리가 들린다.

스다가 돌아보며 곤혹스러운 표정. 노부코가 화난 얼굴로 두 사람에게 다가온다.

(자막) 요시코, 결혼도 안한 처녀가 그렇게 어두운 곳에서 뭘 하고 있는 거예요?

장면 22

요시코, 쭈뼛대며 운다.

노부코, 불쾌한 표정으로 요시코를 꾸짖고, 스다에게는 미소를 던지며 말한다.

(자막) 스다 씨, 모두들 기다려요. 저쪽으로 가요.

장면 23

스다, 요시코에게 마음이 쓰여 뒤돌아보면서도 재촉하는 대로 멀어져간다.

두 사람의 뒷모습을 지켜보던 요시코, 무너지듯 울음을 터뜨린다.

(자막) 그날 밤 8시

장면 24

연회장에서는 스다와 대학생들이 준코를 중심으로 문학 이야기를 나누고 있다.

가정부가 들어와 전한다.

(자막) 스다 씨, 주인어른께서 방으로 오시라고 하십니다.

장면 25

스다, 가정부와 함께 복도를 걸어 어떤 방 앞에 서면

가정부, 방문을 열고 안내한다. (이동)

장면 26

노부코는 막 목욕을 마치고 화장을 하고 있다.

하얀 피부에 얇은 옷을 걸친 채 돌아보면 바로 그때 스다가 들어와서 주저한다.

(자막) 아, 스다 씨. 지금 남편은 목욕하러 들어갔어요 좀 기다리세요.

장면 27

가정부, 양주와 과자를 가져온다. 적당한 곳에 두고 간다.

노부코가 화장하는 모습을 스다가 흥미롭게 지켜보고 있다.

노부코는 화장용 브러시를 능숙하게 움직이며 스다에게 말한다.

(자막) 스다 씨, 요시코는 드디어 곤도 공학사와의 혼담이 결정됐답니다.

장면 28

스다가 놀란다. 노부코, 기분 나쁜 미소를 억누르며 그의 얼굴을 바라본다.

노부코, 화장을 끝내고 "자 이쪽으로 오세요."라며 화로 곁으로 가 잎담배를 권하고 양주를 따른다.

장면 29
노부코, 일어난다. 그리고 문 쪽으로 간다. (이동)
허리띠 사이에서 열쇠를 꺼내 문을 잠근다. (大寫)

장면 30
노부코, 다시 화로 옆에 자리를 잡고
교태를 부리면서 스다에게 몸을 기대며 말한다.

(자막) 스다 씨, 잘 오셨어요. 8시 정각이네요

장면 31
노부코, 스다에게 양주를 권한다.
너무 꾸물거리니 스다가 노부코에게 묻는다.

(자막) 주인어른이 하실 말씀이란 건?

장면 32

주인어른? 오호호, 주인어른은 나예요. 아까 편지 보셨잖아요

그녀가 생긋 웃는다.

장면 33

스다, 노부코 부인에게 속은 것을 깨닫고, 일어나 나가려고 한
다.

문이 열리지 않는다. 부인은 사악하게 미소 짓는다.

(자막) 그 다음 날 아침

장면 34

스다, 정신이 나간 듯이 망연자실하게 다케가미 가의 저택을
나선다.

남산공원의 소나무 그늘 벤치에 앉아 생각에 잠긴다. (이동, 7
分身)

고뇌하는 표정. 이윽고 혼잣말한다.

(자막) 요시코, 용서해줘. 나는 이제 엉망진창이다.

오, 중년 여인의 무서운 유혹이여.

장면 35

벤치에 앉은 스다 (大寫)

(흐리게 二重寫)6) 쓰러져 우는 요시코와

사악한 미소를 띤 의기양양한 노부코의 교만한 모습

(자막) 이윽고 찾아온 봄, 버드나무에 싹이 돋을 무렵…

장면 36

요시코가 홀로 방안에 앉아 멍하니 창 밖에 내리는 봄비를 바라보고 있다.

공허하게 멍하니 바라보고 있다. (7分身)

장면 37

다케가미 저택의 연회장에서는 노부코를 비롯해 준코, 스다, 대학생 네댓이 피아노를 합주하고 지휘봉을 휘두르고 발을 구르며 신나게 떠들어대고 있다. (전경)

장면 38

다케가미 저택 현관의 수양버들이 바람에 흔들리고 봄비가 부

---

6) 오버랩.

슬부슬 내리고 있다. 다케가미 미쓰노신을 태운 자동차가 어둠을 뚫고 거리를 질주하여 저택 현관 앞에서 멎는다. (전경이동) 미쓰노신은 커다란 가방을 가정부에게 건넨다, 안쪽의 소란스러운 소음을 듣고 불쾌한 표정을 짓는다. 그리고 가정부에게 말한다.

(자막) 요시코에게 잠깐 서재로 오라고 말해주게.

장면 39 - 장면 36에서 이어짐
요시코는 흐느껴 울고 있다.
그때 가정부가 문을 열고 들어온다.
요시코가 우는 모습을 보고 가정부 시즈코(静子)는 동정심이 일어 달래듯 말한다.
"아가씨, 숙부님7)께서 돌아오셨습니다."

장면 40
요시코 눈물에 젖은 눈을 들고 말한다.
"곧 간다고 말씀드리세요."

---

7) 원문에서는 '아버님(お父さま)'으로 오기. 이후에도 종종 미쓰노신을 '아버지(父)' 등으로 오기하고 있으나 최초의 설정대로 '숙부'로 바로잡는다.

가정부가 물러가고 요시코, 몸단장을 한 뒤 복도로 나선다.

장면 41
숙부 미쓰노신, 서재에서 흥미 없는 듯이 자료를 찾아보고 있다.
홀에서 울려 퍼지는 잡음에 일이 방해되자 손을 멈추고 생각에 잠긴다.
이윽고 혼잣말 한다.

(자막) 아, 곤란한 여자다.

장면 42
미쓰노신은 양손으로 머리를 싸안고 고뇌한다.

장면 43
미쓰노신의 환상

  (1) 슬픔에 잠겨 울고 있는 요시코의 모습
  (2) 요시코의 모습이 어느 새 젊은 문학청년들과 춤추는
     공작새 같은 후처 노부코로 변한다 (전경)

사악한 미소를 띤 노부코 (大寫)

미쓰노신 악몽에서 깨어난 듯이 의자에 깊이 기대 얼굴을 묻
고 고뇌한다.

장면 44

요시코, 서재로 들어온다.

그녀의 발소리에 미쓰노신, 애써 불쾌함을 떨치려고 하며

지그시 요시코를 바라보고 상냥하게 의자를 내어준다.

요시코, 의자에 앉는다.

(자막) "너는 엄마가 그립겠지."

요시코, 숙부의 무릎에 기대어 흐느껴 운다.

요시코의 어깨가 크게 흔들린다. (大寫)

인물

법학박사	다케가미 미쓰노신
박사의 부인	노부코
박사의 조카딸	오세 요시코
의문의 남자	이광주
그의 부인	숙희(淑姬)
사장	곤도 에이스케
공학사	곤도 다쓰야
곤도가 지배인	야다 시게노리 (矢田重憲)

(자막) 별이 쏟아지던 밤에 생긴 일

장면 45

별이 가득히 빛나는 밤,

다케가미 가 저택 앞의 버드나무 가지가 바람에 흔들리고 있다.

이광주, 조선옷을 입고 헌팅캡을 깊이 눌러쓴 채 수풀 사이로 요시코의 방을 향해 다가간다.

장면 46

방 안에서 요시코가 걱정스러운 얼굴로 책상 앞에 앉아 있으면, 불투명 유리에 또렷하게 이광주의 그림자가 비친다.

요시코, 문득 고개를 들다가 깜짝 놀란다.

그리고 책망하듯이 창문을 연다.

(자막) "누구세요!"

장면 47

요시코, 이광주를 응시한다. 그리고 이광주임을 확인하고 안심한다.

가정부 시즈코가 들어온다. 요시코, 시즈코에게 말한다.

(자막) 나, 오늘밤 사카이 씨에게 갈 테니 돌아올 때까지 숙모님께는 아무 말도 하면 안 돼요

장면 48

요시코, 차려입고 나와 잔디 쪽에서 나온 이광주와 무언가 속
삭인다.
이광주, 꾸물거리면 안 된다는 듯 서둘러 요시코를 데리고 문
밖으로 나선다.

장면 49

이광주, 요시코와 함께 어떤 길모퉁이에서 자동차에 탄다.
자동차는 순식간에 어둠 속으로 사라진다.

장면 50

다케가미 박사의 거처, 늙은 박사와 노부코 부인이 마주 앉아
있다.
노부코 부인이 다그치듯 말한다.

(자막) "이렇게 되어서야 곤도 씨를 볼 면목이 없어요"

장면 51

노부코 부인이 박사를 몰아세운다. 박사, 냉담하게 말한다.

(자막) "요시코 일은 내게 맡겨줬으면 좋겠군."

장면 52

박사, 냉정하게 내뱉고는 자리에서 일어나 방에서 나간다.

노부코, 분한 듯이 그 모습을 바라본다.

잠시 후 전신 거울로 살그머니 나타난 다카아키가 비친다.

두 사람, 서로 바라보며 미소 짓는다. 둘이 마주 앉는다. (7分身)

(자막) 박사님도 꽤 난감하시겠네요. 안됐군요

장면 53

노부코 불쾌한 표정, 날카롭게 다카아키를 쳐다본다. (7分身)

(자막) "어머나, 다카아키 씨 당신은 아직 요시코를 단념하지 않았군요"

장면 54

다카아키, 하는 수 없이 그렇지 않다고 변명한다.

노부코 부인, 찬장에서 양주를 꺼내와 다카아키에게 권한다.

(자막) "어차피 오늘밤도 돌아가지 않으시겠죠"

장면 55

다카아키 곤혹스러운 듯한 표정, 부인이 노려보자 희미하게 웃는다.

(자막) "나는 진심으로 선생님께 죄송스러운 기분입니다."

장면 56

노부코 비웃는다.

"다카아키 씨, 쓸데없이 착한 사람이 되셨네요. 누가 절 이런 몸으로 만들었죠? 그런 소린 이제 하지 마세요."

장면 57

곤도의 저택에서는 다케가미 박사가 난감한 듯 곤도 자작과 마주앉아 있다.

고개를 숙인 채 요시코의 가출 사건에 대해 말한다.

(자막) 빨리 조치를 취하지 않으면 나한테 면목이 없는 것보다도 미시마(三島)한테 폐를 끼치는 거지, 오늘 안내장도 발송해버렸

다는데…

장면 58
곤도 자작과 다케가미 박사, 머리를 맞대고 선후책을 강구한
다.
서생(書生) 서너 명이 불려와 각각 짐작 가는 곳을 찾아보러
나간다.
갑자기 사람들이 분주히 드나들고, 곤도 자작은 초조하다.

장면 59
별빛 가득한 밤, 이광주와 요시코를 태운 자동차는 쉬지 않고
달려 조선인 동네인 인사동(仁寺洞) 천도(天道)여관에 당도한
다. (이동)
이광주, 요시코를 데리고 서둘러 내린다. (7分身)
집으로 들어간다. (전경)

장면 60
이광주, 요시코과 마주 앉아 이야기를 하고 있다. (7分身)

(자막) 요시코 씨…아직 꿈에서 깨지 않으신 겁니까.

스다 군은 증오해야 마땅한 악마입니다.

　# 장면 61

　요시코, 이광주 앞에서 하염없이 울고 있다. (7分身)

　이광주는 스다 다카아키의 부덕함에 대해 이야기한다.

(환상)

　# 장면 62

　이광주, 그의 부인 숙희와 함께 스다와 온돌방에서 조선 요리
　를 앞에 두고 술을 마시고 있다. (전경) 그때 심부름꾼이 온다.

(자막) 다케가미 박사님께서 잠깐 출근해주셨으면 하시는데요

　# 장면 63

　이광주, 심부름꾼이 전해온 말을 스다와 숙희에게 알린다. (전
　경)

　이광주, 나간다. (이동)

장면 64

스다에게 숙희가 술을 따른다. (7分身)

스다, 곤드레만드레 술에 취해 드러눕는다.

숙희, 식탁 위를 정리하고 스다에게 담요를 덮어주려고 한다.

(전경)

장면 65

스다, 자는 척 하고 있다. (상반신 大寫)

그때 숙희의 손이 담요를 덮어주려고 한다.

스다의 손이 숙희의 손을 꽉 잡는다. (부분 大寫)

장면 66

숙희의 공포에 질린 창백한 얼굴

(자막) 스다 씨, 왜 이러세요, 놔 주세요.

장면 67

스다 비열한 미소를 지으며 말한다. (7分身)

(자막) 숙희 씨, 광주 군은 대동권번(大同券番) 기생 월산(月山)이

랑 깊은 관계랍니다. 광주 군은 당신 따위 조금도 생각하지 않아
요

장면 68
그렇게 말하며 더욱 발버둥 치며 도망가려는 숙희를 잡으려고
한다.
(장지문에 그림자로 흐리게)

장면 69
이광주, 용건을 마치고 돌아온다. (이동)
문득 자기 집 쪽을 본다. 미심쩍은 듯이 응시한다. (大寫)

장면 70 - 장면 68의 遠寫[8]

장면 71
광주의 격노한 얼굴 (大寫)
몸을 날려 자신의 집으로 달려간다. (전경 이동)

---

8) 롱쇼트(Long Shot). 먼 거리에서 찍음.

장면 72

이광주와 스다의 격렬한 격투 (전경)

이광주, 스다를 던져 주먹으로 구타하고,

스다, 괴로운 나머지 저항하다 결국 밀쳐내고 도망친다.

장면 73

숙희, 온돌방에서 쓰러져 울고 있다. (7分身)

광주 들어온다. (전경)

숙희, 얼굴을 들고 광주에게 매달려 울며 (7分身)

(자막) 여보, 오늘로 스다 씨와 절교해주세요,

저, 저는…분해요

장면 74

광주, 부인을 바라보며 끄덕인다.

(환상) 끝

장면 75 - (장면 61에서 이어짐)

이광주의 부인, 다과를 가져와 한탄에 젖은 요시코를 위로한다.

그리고 말한다. (숙희 大寫)

(자막) 정말 무서워요, 당신은 그 사람 탈을 쓴 악마에게 희생된 거예요.

장면 76

다케가미 박사 거처의 외부,

정원의 초목이 우거진 곳으로 엷은 전등 불빛이 쏟아지는 가운데 사람의 그림자가 움직인다. (전경)

방의 불투명한 유리를 통해 박사와 손님인 미시마 가의 집사인 야다(矢田) 노인이 마주앉은 모습과, 박사가 사과하며 머리를 숙이는 모습이 비친다 (그림자 촬영)

수풀 속의 수상한 인물, 창문에 바짝 몸을 붙이고 엿듣는다. (大寫)

장면 77

박사와 야다 노인 마주앉아 있다 (7分身)

박사, 사과하고 있다. 야다 노인이 딱한 듯이 말한다.

(자막) 아드님이신 다쓰야 님은 물론, 사장님께서도 남들 보기 부끄럽다고 말씀하십니다.

장면 78
야다 노인 가만히 다케가미를 본다.
다케가미 죄송스러워 어쩔 줄 모르는 표정, 정중하게 고개를 끄덕이며

(자막) 정말로 면목 없습니다. 저도 온갖 수단을 다 동원해서 행방을 찾는 중이니 일주일만 기다려주십시오.

장면 79
스다, 창문 쪽에서 잠시 박사와 야다 노인의 대화에 귀 기울인다. 유리창으로 두 사람이 마주앉은 그림자.
스다, 악마처럼 미소 짓는다. (7分身)
스다, 창문에서 물러나 부인 노부코의 방으로 간다. (이동)

장면 80
노부코 부인, 목욕을 마치고 화장을 하고 있다. (전경)
노부코, 화장을 끝내고 열심히 입술연지를 바르고 있다. (거울

에 비친 노부코의 얼굴 大寫) 그 거울 속으로 스다가 문을 열고 들어오는 모습이 비친다. (전경) 부인 뒤를 돌아보며 요염하게 미소 지으며 말한다.

(자막) 스다 씨, 잘 오셨어요 실은 사람을 보낼까 하던 참이었어요

장면 81
노부코 부인, 화장대를 정리하면서 가볍게 일어나 방석을 권하거나 한다.
가정부가 들어와 다과를 두고 간다. 부인, 차를 권하면서

(자막) 그래서 요시코의 거처는 알아냈나요?

노부코, 비웃는 듯한 어조로 말한다, 스다 실망한 얼굴.

(자막) 요시코 씨는, 혹시 동래(東萊)온천9)에 간 거 아닐까요?

---

9) 부산 동래온천.

장면 82

노부코, 사악한 미소를 띠며 말한다.

(자막) 아마 요시코는 이제 이 세상 사람이 아닐 거예요

스다 창백하게 질려 경악한 표정, 그를 본 노부코 독살스럽게 불쾌한 듯이 말한다

(자막) 어머나, 스다 씨. 당신은 역시 요시코를 단념하지 못했군 요

스다는 묵묵히 고개를 젓는다. 노부코는 갑자기 요염하게 미소 짓는다.

그때 가정부가 들어와 전한다.

(자막) 사모님, 주인어른께서 부르십니다.

노부코, 스다에게 돌아올 때까지 방에 있으라고 눈짓으로 말하고, 일어나 방을 나간다.

장면 83

박사, 노부코, 야다 노인, 세 사람이 마주 앉아 있다.

박사 노부코를 돌아보며 말한다. (7分身)

(자막) 도쿄(東京)에서 무슨 소식 있었나?

노부코, 짐작 가는 곳이 있는 듯이 말한다. (7分身)

(자막) 아뇨, 부산의 이광주에게서 편지가 왔어요. 부산에는 없
나 봐요.

박사, 야다 노인에게 말한다. (7分身)

(자막) 들으신 대로입니다. 일주일만 기다려주셨으면 합니다.

야다 노인, 뜸을 들이다 말한다. (7分身)

(자막) 저, 박사님, 곤도 씨 체면을 세워주시려면 잠시 내지(內地)
로 귀환해 계시지 않겠습니까? 자작님께서도 그 외에 다른 방도가
없다고 하셨습니다.

박사 고뇌한다. 노부코도 생각에 잠긴다. 야다 노인 대답 여부
를 기다리며 부인의 얼굴을 바라본다. 세 사람 잠시 말없이 마주
보다가 시선을 피한다.

야다 노인 계속해서 말한다. (7分身)

(자막) 자작님께서는 박사님이 사직하신다면 생활은 책임져주시
겠다고 하셨습니다.

장면 84

박사 생각에 잠긴다. 이윽고 얼굴을 들고 결연히 말한다. (7分
身)

(자막) 그러면 말씀하신대로 잠시 내지로 귀환하도록 하지요

야다 노인 기쁜 듯이 말한다. (7分身)

(자막) 결정 잘 하셨습니다. 그럼 나중이랄 것 없이 당장 맡아둔
것을 드리겠습니다.

야다 노인, 서류 가방에서 만 원 다발을 꺼내 책상 위로 늘어놓는다.

박사는 굳이 사양했지만, 결국 거절하지 못하고 받아든다. (7分身)

야다 노인, 앞으로도 박사를 위해 애쓸 것을 약속하고 현관으로 나간다. (전경 이동)

(자막) 한 달 후, 박사는 홀로 표연히 도쿄로 떠났다.

모든 것에 권태와 실망을 느끼며.

    # 장면 85

박사는 2등차 한구석에서 해달가죽 코트의 깃을 높이 세운 채 웅크리고 있다.

이따금씩 흥미 없는 표정으로 신문을 들춰보다가도 곧 행방을 알 길 없는 요시코 생각에 빠져든다. (7分身) - 책상에 엎드려 울고 있는 요시코의 모습 (이중 노출) 10) – 박사는 고개를 숙인다 – 창밖의 경치는 계속해서 변하고 열차는 달린다. (창밖 半遠寫)11)

---

10) 二重露出(double exposure). 따로 촬영한 두 영상을 한 화면에 겹치는 기법.
11) 반 롱쇼트

장면 86

경성대학교 학생들과 사카이 준코 등이 모여앉아 커피와 과자를 먹으면서 담소하고 있다. 대학생이 말한다.

(자막) 그런데 이상하군요. 요시코 씨가 준코 씨에겐 연락을 할 줄 알았는데…

준코 딱하다는 듯 말한다.

(자막) 정말 어디 계실까요, 저 요즘 너무 쓸쓸해 죽겠어요.

장면 87

한동안 대화가 활기를 띤다.
준코가 돌아갈 준비를 한다. 대학생들도 외투를 입거나 모자를 쓰거나 한다. (전경) 현관으로 나간다. (이동)

장면 88

스다, 응접실에 남아 피아노 곁에 서 있다.
부인, 손님을 배웅하고 문을 닫고 들어온다. (전경)
스다, <청원>을 연주하고 있다. 스스로의 연주에 빨려 들어간 듯이 눈에 눈물이 흐른다. (스다 大寫) 곧 손을 멈춘 채 생각에 잠겼다가, 건반 위에 엎드려 울음을 터뜨린다.

부인, 의아한 듯이 스다를 응시하다 발소리를 죽여 그 뒤로 다가간다. (부인의 뒤에서 半遠寫)

장면 89

노부코, 스다의 어깨에 손을 얹으며 말한다. (7分身)

(자막) 스다 씨 울보네요. 또 요시코 씨가 그리운 거죠?

신경질적으로 미소 짓는다. 노부코, 스다를 방으로 데려간다.
(이동)

장면 90

노부코의 방.

식탁에 안주를 늘어놓고 노부코, 유혹적인 눈빛을 보내며 술을 따른다.

(반신) 스다, 잔을 들어 단숨에 비운다. 노부코도 조금 취한다. 그리고 스다에게 기대며 말한다.

(자막) 당신 동래온천에 가보지 않을래요? 저는 요시코가 그곳
에 있지 않을까 생각하는데,

스다, 귀찮은 듯이 몸을 뺀다.

노부코 유혹적으로 다가가 스다에게 양주를 권한다.

스다, 결국 취해서 쓰러진다. 노부코 의기양양하게 미소 짓는다.

‖ 현대영화 ‖

『그녀는 도약한다』
(중편)
(무단촬영 금지)

●

미쓰나가 시초(光永紫潮)

조선영화예술연구회

주요배역

사장	자작	곤도 에이스케
아들	공학사	다쓰야
사장		비서 사카이 준코
사원		스다 다카아키
기사		아오야마 시게루(青山茂)
아오야마의 부인		다케(たけ)
아오야마의 여동생		후미코(文子)
직공들		야스다 겐키치(安田謙吉)
		노무라 도라조(野村寅藏)
노무라의 내연의 처		데즈카 히데(手塚ひで)
직공 부인		아키바 도시에(秋葉俊江)
여공		우메자와 다미코(梅澤民子)
그 외 경찰, 헌병 다수		

장면 91

(전경) 조선제사회사(朝鮮製絲會社)의 내부.

직공 대기소에 모자, 외투 등이 흩어져 있다. 그 곳에서 직공 30여 명이 누군가를 기다리는 듯한 얼굴로 이야기하고 있다.

(大寫) 직공 야스다가 흥분을 감추지 못하고 탁자를 두드리며 소리친다.

(자막) 잘 생각해보라고, 우리들이 아오야마한테 '최저 일당 1원을 70전 인상해 달라'는데 중점을 둔 8개 조항을 요구한 게 지난달 초였어, 벌써 두 달이 지났는데 사장도 괘씸하다!

(전경) 직공들 시끄러워진다. 다쓰야가 일어나 진정시키려고 한다.

(7分身) 직공 노무라, 몰래 아오야마의 뒤로 돌아가, 몽둥이 같은 것으로 치려고 한다.

(전경) 사카이 준코, 몸을 던져 그 사이에 선다.

(大寫) 7分身

(자막) 무슨 짓이예요! 실례잖아요!

(7分身) 준코 나무라듯이 말한다. 노무라 기가 죽는다.

(전경) 직공들, 와글와글 욕설을 퍼부으며 떠들어댄다.

(자막) 첫 제물로 저 여자애를 바쳐라!

라고 말하자 30여 명이 우르르 다쓰야와 준코를 포위하고 구타하는 와중에 아오야마 기사, 다급히 복도에서 뛰어나와 두 사람을 감싼다.

(자막) 제군은 아직도 모르는 건가? 지금 큰 소리를 내거나 난동을 부리면 모처럼 결론이 나려던 교섭도 결렬될 수밖에 없다.

장면 92

(전경) 직공들, 멈칫거리며 멀찍이 물러난다.

(7分身) 아오야마 기사, 두 사람을 돌아보며 말한다.

(자막) 빨리 저쪽으로 가시오, 다친 데는 없습니까? 제게 맡겨주시오

(전경) 두 사람은 멀찍이 둘러싼 직공들이 자칫하면 다시 달려들 듯한 기세에 겁을 먹고, 아오야마의 비호를 받으며 복도로 나간다. 아오야마는 두 사람을 보내놓고 직공들이 있는 곳으로 돌아온다.

(7分身) 아오야마가 한 단 높은 곳에 올라서서 전 직공에게 말한다.

(자막) 제군, 회사에서는 제군을 선동하는 게 나라고 단정하고 있다. 서둘다가는 오히려 회사측 계략에 넘어가는 거다. 기계 같은 거 부수지 마라, 부수면 그 길로 관헌한테 압박 받는 거야.

   # 장면 93
   (7分身) 아오야마, 눈물을 흘리며 말한다.

(자막) 바로 전쟁의 때 사무소 유리 한 장 깬 걸로 우리들 중 28명의 동료가 소요죄로 문초를 받아 희생되지 않았는가.

(전경) 직공 다수 잠시 경청하고 반은 서로 사담을 나누거나 하고 있다. (溶暗)[12]

직공 야스다, 노무라, 아오야마 쪽을 보며 사담을 나누고 있다. 야스다가 돌연 일어나 아오야마 쪽으로 들이닥친다. 야스다가 소리친다.

(자막) "착취는 죄악이다! 우리들은, 우리들의 생활 보장을 위해 이번 쟁의를 일으킨 거다!

지금 아오야마 군이 말한 건 착취가인 자본자 측의 대변이 아니면 무엇인가!"

(7分身) 야스다, 격앙되어 탁자를 두드리며 따져 묻는다.
(전경) 청중은 박수를 보낸다.

(자막) 회사의 간첩을 물리쳐라! 배신자를 제재하라!

(전경) 노무라, 야스다 등 강경파 직공 여러 명이 비호처럼 간사석(幹事席)으로 뛰어들어 아오야마를 난타하는 대혼란에 빠지고, 제복과 사복의 경찰이 강경파 주동자를 검거한다. 노무라는 검거 도중 경찰을 쓰러뜨리고 쏜살같이 어둠 속으로 도주한다.

---

12) 페이드 아웃(Fade Out). 화면이 차차 어두워짐.

장면 94

쟁의본부에서는 수십 명의 직공들이 이곳저곳에 모여 떠들고 있다. 그곳에 노무라가 창백한 얼굴로 뛰어 들어온다. 직공들이 모두 일어나 "뭐야, 왜 그래"라고 소리친다. 노무라가 한 단 높은 곳에서 비장하게 말한다.

(자막) 우리들은 아오야마 기사장에게 배신당했다.
그는 완전히 회사측 대변자가 되어버렸다.
투사 몇 명이 몰이해한 관헌 때문에 검거되었다.

(전경) 직공들, 이따금 "공장관리를 단행하라", "희생자를 탈환하라", "직접 행동이다"라고 욕설을 퍼부으며 떠드는 소리가 들린다.

(자막) 직접 행동이다!

(전경) 직공 두 어 명이 각각 이렇게 외치면서, 직공 군단은 우르르 회사로 밀어닥친다.

장면 95

(이동 부감) 제련부의 남녀 직공 다수, 삼엄하게 깃발을 들고 전후좌우로 관료, 사복의 경찰들에게 둘러싸여 거리를 행진한다. 그리고 회사 앞으로 온다.

장면 96

수많은 직공들, 단단히 닫힌 철책 앞에서 끊임없이 함성을 지른다.

(자막) A = 자본가를 죽여라!

     B = 공장관리를 단행하라!

장면 97

(7分身) 사장실에서 곤도 사장, 다쓰야, 아오야마, 야스다가 큰 테이블을 둘러싸고 교섭을 벌이고 있다. 사장 미간을 찌푸리고 핏대를 세우며 흥분하고 있다.

(7分身) 사장이 말한다.

(자막) 그러면, 할 수 없군. 이 상태로는 도저히 회사 경영을 해나갈 수가 없으니 이 기회에 직원 절반을 정리해서 제군의 요망을

받아들이도록 하지.

장면 98
아오야마, 야스다 등 곤혹스러운 듯이 말한다.

(자막) 하지만 사장님, 직원 절반을 해고해버리면 희생자들이 곤란해집니다. 아까도 말씀드렸던 것처럼, 이 사건 관련자는 전부 복직시킬 테니, 일당을 최저 1원이 아니라 50전만 올려주는 걸로 해주셨으면 합니다.

(전경) 아오야마, 야스다 간청한다. 사장은 생각에 잠긴다.

장면 99 (장면 97에 이어짐)
사장은 의외로 강경한 직원 대표의 결의와 사건의 결과를 걱정하며 대표와 회견하고 있다. 아오야마는 창문 너머 떠들어대는 직공들에게 시선을 던지며 말한다.

(자막) 그러나 사장님, 당신은 어제 하루 이 직공들의 거리에서 세 건의 장례식이 있었다는 사실을 아십니까. 어쨌든 우리들 직공들은 지금의 임금으로는 도저히 생활을 보장 받을 수가 없습니다.

저토록 모두 이 해결을 기다리고 있는 겁니다.

(7分身) 아오야마의 열성적인 태도에 이끌리듯 사장의 기분이 조금씩 이 요구를 들어주려는 방향으로 바뀌려고 한다.

(자막) "그러면 한 번 나도 좀 더 생각해서… 제군이 곤란하다는 것도 잘 알았다…"

(전경) 대표자들은 한숨을 돌린다. 그러나 아오야마는 의심하듯이 강력하게 더 밀어붙인다.

(자막) "그렇지만 사장님, 이미 이 사건은 고려하실 여지가 없을 정도로 절박합니다. 저들은 오늘 밤의 식량도 없습니다."
"그렇게 성급하게…좀 기다리라구."

(자막) 매수하려는 악마의 손길

장면 100
(전경) 곤도 사장, 걱정스러운 듯이 신문을 보고 있다. 그러자

비서 준코가 서류 한 다발을 들고 들어온다. 사장은 준코를 불러 세운다.

(자막) 스다가 나와 있으면 좀 불러줬으면 좋겠네.

준코 나간다, 곧 스다가 사장실로 들어온다.
사장은 의자를 권하고

(자막) 점점 소동이 커져가고만 있는데, 원만하게 해결될 듯 한가?

스다가 사장에게 속삭이듯 말한다.

(자막) 아오야마 녀석이 수상한 놈입니다, 직공들은 그 녀석의 꼭두각시입니다.
그 녀석의 가족을 끌어들이면 자연히 그 녀석도 운동을 그만둘 겁니다.

장면 101
(전경) 잘 차려입은 사장 비서 사카이 준코, 아오야마 가의 현관에 선다.

66

(7分身) 현관에서 사람을 부른다.

아오야마네 부엌에서 부인이 쌀통에서 쌀을 퍼 가마솥에 옮겨 담고 있다.

(大寫) 쌀통 바닥에는 쌀이 조금밖에 남아 있지 않다.

(大寫) 부인이 길게 한숨을 쉰다.

사카이 준코가 다시 사람을 부른다.

(자막) 실례합니다, 안녕하세요!

(전경) (이동) 아오야마의 부인, 그 소리를 듣고 방문객이라는 걸 알고 현관으로 간다.

아오야마의 부인이 나온다. "밤늦게 죄송하지만 급하게 부탁이 있어서 왔습니다"라며 객실로 안내받는다. 아오야마의 부인이 말한다.

(자막) 대단한 소동이네요, 대체 어떻게 된 거예요?

아오야마의 부인 불안한 듯한 표정, 준코가 말한다.

(자막) 자제분은 좀 어떠세요? 실은 사모님께서 보내셔서 병문
안을 왔습니다.

(7分身) 라고 말하며 과자상자를 꺼낸다. 아오야마의 부인이 생
각에 잠겼다가 말한다.

(자막) 하지만 바깥양반이 요즘 아무 것도 받지 말라고 하셨어
요

라면서 받지 않고 돌려준다.

(자막) 아니에요, 이건 회사에서 드리는 게 아닙니다.
사모님께서 자제분이 가엾다 하시면서…

(7分身) 아오야마의 부인, 할 수 없이 받아든다.
준코 위문의 말을 전하고 떠난다.

장면 102
(7分身) 아오야마의 부인, 과자상자를 연다. 그러자 과자 위에

봉투가 놓여있다.

아오야마의 부인, 미심쩍은 듯이 편지를 펼친다.

(大寫) (편지)

곤란할 때에는 누구나 마찬가지랍니다. 당신께서도 이전의 친교를 잊지 않으셨다면 왜 저에게 부탁하지 않으셨나요. 저는 오히려 당신이 원망스럽습니다.

그녀는 사장 부인의 온정에 감격하여 눈물을 흘린다. (大寫)

장면 103

여공 우메자와 다미코, 쇠약해져 약하디 약한 걸음걸이로 아오야마의 현관 앞에 선다. 그리고 몇 번인가 왔다갔다한다. 그러다 결심하고 현관문을 열고 사람을 부른다.

(자막) 아주머니, 정말 말씀드리기 곤란하긴 한데요, 아버지가 중풍이시라 내일 먹을 쌀도 없어요. 정말 죄송한데 쌀 한 되만 주시면 안 될까요.

아오야마의 부인 동정한다.

"우리 집도 똑같아요."라고 말하면서 편지를 펼쳐 읽어 내려간다.

(자막) 얼마 안 되지만 병문안 선물이라 생각하시고
일금 천원.

장면 104

(이중 노출) 아오야마의 부인 경악하며 후회한다.

그리고 편지를 계속해서 읽으려하자, 돈 천원이 떨어져 뿔뿔이
흩어진다.

아오야마의 부인과 다미코, 깜짝 놀라 그 돈을 바라본다.

(大寫) 아오야마의 부인, 눈이 동그래지며 놀란다. (溶暗) 다미코,
가만히 그 돈을 응시한다. 두 사람, 각각 생각에 잠긴다.

(자막) 뭐야 이 아주머니가 장난하시나…뭐가 곤란하시다는 거
야…

다미코는 시기와 의심의 눈으로 다케코를 응시한다.

다케코, 곤혹스러운 듯 생각에 빠진다. 잠시 생각한 뒤 말한다.

(자막) 그럼, 아버님을 입원시키면 되죠? 걱정 없어요, 제가 어
떻게든 해 볼게요…

라고 말한다. 다미코, 한층 의심스럽다.
문득 아오야마의 앞에 던져진 봉투를 바라본다.

장면 105
(大寫) '조선제사주식회사, 곤도 에이스케'라는 글자
다미코의 태도가 완전히 바뀐다.

(자막) 아주머니, 아오야마 씨는 우리를 팔았네요. 이런 사람인
줄 몰랐어요. 실례합니다.

다미코, 급하게 일어나서 나간다.
다케코, 놀라서 지폐를 한 움큼 움켜쥐고 그 뒤를 쫓는다.
현관에서 따라잡고는

(자막) 다미코 씨, 기다려요.

장면 106
다미코는 매정하게 소매를 뿌리치고, 일단 지폐를 받아 쥐고
말한다.

(자막) 너무 바보 취급하지 마세요, 우리들은 아직 부정한 돈으로 서로의 약점을 사려고 하지는 않습니다.

라며 지폐를 내동댕이치고는 현관을 거칠게 닫은 다미코, 쏜살같이 어둠 속으로 사라진다. 다케코, 아연해져서 그 모습을 바라본다.

장면 107
아오야마의 부인, 현관에 풀썩 쓰러진다. (이중 노출) 저녁 무렵 밥을 지을 때 쌀통 바닥에 보이던 얼마 남지 않은 쌀…(溶暗) 병상에서 괴로워하는 아이의 얼굴…그리고는 재빨리 돈을 주워 모아 무서운 것이라도 쫓기듯 사방을 둘러보고 허리띠 사이에 집어넣는다.

장면 108
직공장실(職工長室)의 수돗가에 기나긴 파업에 지친 직공 부인 A, B, C, D가 와서 쌀을 씻고 있다. 노무라의 내연의 처 데즈카 히데코가 말한다.

(자막) 도시에 씨, 쟁의가 언제까지 계속될까요? 우린 이제 내일

먹을 쌀도 없어요.

도시에도 걱정스러운 듯이 대답한다.

(자막) 우리도 마찬가지죠, 아픈 사람도 있고, 오늘 먹을 쌀도
없어서 곤란해요 정말.

다 같이 왁자지껄 떠들면서 쌀을 씻거나 채소를 씻거나 하고
있다.
다미코, 지친 모습으로 수돗가로 나온다. 그리고 모두에게 인
사한다.
여전히 떠들썩하게 쌀을 씻으며 잡담한다.

(자막) 그럼 뭐야, 아오야마 씨 부인은 그런 짓을 하고 있었던
거야? 완전히 우릴 깔봤네.

그러다가 A가 비웃듯이 말한다.

(자막) 뭐 이상할 거 없지, 아오야마 씨 부인도 원래는 사장이
지 맘대로 했었으니까.

B가 반박하며 말한다.

(자막) 그렇대도 우릴 우습게 본 거잖아, 그 집 바깥양반 아오야
마 씨 때문에 지금까지 다들 잘 해보자고 제대로 먹지도 못하고
곤란을 겪고 있는 때인데.

아오야마의 여동생 후미코가 지나간다. 다들 냉소를 띄운 채
속닥거리며 바라본다.
후미코가 지나가고나서 C가 말한다.

(자막) 묘하게 으스대네.

직공 부인 A, B, C, D 등 와글와글 후미코를 손가락질하며 조
롱한다.
후미코 분한 듯이 뒤돌아본다.

‖ 현대영화 ‖

『그녀는 도약한다』
(하편)

(무단 흥행 촬영 엄금)

●

미쓰나가 시초(光永紫潮)

조선예술예술연구회

제4권 낙화(落花)편

주요배역

사장	자작	곤도 에이스케
아들	공학사	곤도 다쓰야
사장 비서		사카이 준코
사원		스다 다카아키
기사장		아오야마 시게루
부인		다케코
		오세 요시코
요시코의 아이		아키오(明雄)
		다케가미 미쓰노신
다케가미 부인		노부코
의문의 남자		이광주
제사회사 직공		여공 다수

장면 109

정원에 면한 복도, 노동쟁의로 상처 입은 다쓰야 안락의자에
앉아 있다.

가정부가 들어와 말한다.

(자막) 도련님, 또 그 공장 사람들이 뵙고 싶다고 찾아왔는데요
…

(전경) 다쓰야, "들어오시라고 해."라고 말한다.

직공 대표 노무라, 가정부의 안내를 받아 들어온다.

(7分身) 노무라는 정중하게 쟁의가 악화됐음을 이야기한다.

(자막) 보십시오, 보시는 대로입니다.

노무라, 창밖을 가리킨다. 다쓰야 그 쪽을 본다.

장면 110

현관 앞에 몰려온 직공 부인들, 어떤 사람은 아기를 안고 있
고, 어떤 사람은 지쳐서 불안한 얼굴로 걱정하고 있다.

장면 111

응접실에서 노무라와 마주앉아 다쓰야, 물끄러미 그 모습을 보며 동정한다.

노무라는 더욱 분개하며 말한다.

(자막) 게다가 회사는 돈으로 직공을 맘대로 할 수 있을 거라고 생각하고 있습니다.

(전경) 다쓰야가 말한다. "왜 그런 말씀을 하시는 겁니까?"

노무라는 사카이 준코가 사장의 명령으로 아오야마 기사장에게 뇌물을 준 것을 말한다.

장면 112 (- 장면 108)

(아오야마의 부인이 있는 곳에 사카이 준코가 병문안을 오고 편지 속에서 천원 지폐 뭉치가 떨어지는 것을 플래시[13]로 복사)

다쓰야 아연실색한다. 그리고 고뇌하다 결연하게 말한다.

(자막) 그럼 좋아요. 제가 책임을 지고 제군의 요구를 받아들이지요

---

13) 플래시백(Flashback). 회상 장면.

노무라들이 미친듯이 기뻐한다.

장면 113
현관에서 대기하고 있던 직공 부인들이 환성을 지른다.

장면 114
스다 다카아키, 사무실에서 사카이 준코와 시시덕거리고 있다.
갑자기 현관 쪽에서 환성이 들려오자 창문을 열고 가만히 소
리가 나는 곳을 바라본다. 창문 아래로 지나가던 직공들이 각
자

(자막) 성공이다, 우리들의 승리다!

라고 떠들어댄다. 스다 놀라서 하얗게 질린다. 곧 응접실로 다
쓰야를 찾아간다.

장면 115
스다, 창백한 얼굴로 다그치듯이 이야기한다.
(자막) 도련님, 큰일 났습니다.

다쓰야는 냉담하게 대답한다.

(자막) 예전과는 시대가 달라, 그렇게 억압만 한다고 직공들이 일하는 건 아니야.

스다는 다쓰야의 냉담한 태도에 더욱 흥분하며 사무실에서 돌아 나온다.

장면 116
요릿집 '하루노야(春酒家)'의 앞에 눈을 헤치며 덮개를 씌운 한 대의 자동차가 와서 선다.
운전수가 공손히 문을 연다. 해달가죽 옷깃에 깊이 턱을 묻은 사장에 이어 잘 차려 입은 사카이 준코가 내려 안으로 들어간다. (이동)

장면 117
기생 A, B, C가 에워싸고 술잔과 접시가 낭자하게 흩어져 있는 모습.
사장은 이미 꽤 취해 있다. 준코는 걱정스러운 듯 고개를 숙이고 있다.

사장이 말한다.

(자막) 준코, 그럭저럭 쟁의도 해결됐다. 동래에라도 갈까?

준코는 이름을 불리자 기운 없이 얼굴을 든다. 준코가 말한다.

(자막) 하지만 그러면 사모님이 가만히 계시겠어요.

기생 A, B가 "같이 가고 싶어요", "그렇지만 방해하면 안 되겠죠"라는 둥 떠든다.

장면 118
스다 다카아키, 다급하게 자동차로 하루노야에 달려온다.
종업원의 안내를 받아 방으로 들어온다. 사장 좀 불쾌한 얼굴이 된다.

(자막) 사장님, 큰일 났습니다.

(7分身) 스다는 오늘 있었던 직공 대표와 다쓰야의 교섭 전말을 보고한다.

사장의 얼굴이 이야기가 이어질수록 점점 긴장한다.
그리고 분개하여 말한다.

(자막) 그럼 다쓰야 녀석이 멋대로 요구를 받아들였단 말이냐!

스다 고개를 끄덕인다. 사장은 술이 깨어 버린 듯이 방에서 나
간다.
기생들이 배웅을 나간다.

장면 119
스다와 준코가 뒤에 남는다. 스다가 말한다.

(자막) 도련님도 너무나 충동적이야. 이 불경기에 직공들의 요구
를 들어주다니…

준코는 이에 대꾸하지 않은 채 눈을 감고 생각에 빠져 있다.
곤도 저택 앞 현관으로 우는 아이를 달래며 몰려든 직공 부인
들의 모습. (플래시)
그리고 얼굴을 들며 말한다.

(자막) 스다 씨, 저는 오늘만큼은 제가 잘못하고 있다는 생각이 드네요.

스다, 이상하다는 듯한 표정으로 가만히 준코의 얼굴을 바라본다.

장면 120
(전경) 이광주의 부인 숙희, 밝은 햇빛을 받으며 모여든 닭에게 모이를 주고 있다.
(大寫) 숙희가 모이를 던져주면 닭 몇 마리가 앞 다투어 모이를 쪼아 먹는다.

장면 121
(전경) 숙희의 등 뒤로부터 저 멀리로 요시코가 마루에서 바느질을 하고 있다.
그 앞에서 그녀의 아들 아키오(세 살)가 흙장난을 하고 있다.
아키오가 문득 눈을 들어 엄마를 부른다.
(이동) 두 사람이 숙희 쪽으로 온다.
(7分身) 아키오가 숙희가 들고 있던 모이통에서 모이를 꺼내 던

진다.

(大寫) 아키오, 물끄러미 닭이 즐거이 모이를 먹는 모습을 바라본다.

아키오 눈을 들고 엄마에게 말한다.

(자막) 엄마, 난 왜 아빠가 없어?

(7分身) 요시코, 숙희와 마주 보고 탄식한다. 요시코, 깊은 한숨.

(자막) 아키오가 말 잘 듣고 있으면, 아버지는 꼭 돌아오실 거예요.

장면 122
요시코, 가여운 듯 아키오를 안아 올려 볼을 맞대고 비빈다.

장면 123
다쓰야, 열심히 사무실에서 펜을 달리고 있다.
준코, 서류 한 다발을 손에 든 채 이야기하고 있다.
준코, 조롱하듯 다쓰야에게 말한다.

(자막) 다쓰야 씨, 아버님께선 우리 사이를 의심하지 않으시나봐 요?

(7分身) 다쓰야 고뇌하는 표정, 깊이 한숨을 내쉬며 대답하지 않 는다.

(7分身) 준코 불쾌한 표정.

"짜증 나, 이 사람 또 요시코 씨 생각을 하고 있네, 남 기분도 몰라주고!"라며 샐쭉해져서 고개를 옆으로 돌린다. 다쓰야 다급히 고개를 들고 그녀를 본다.

(자막) 준코 씨, 제발 그런 소리는 하지 말아 주시오

(전경) 준코 "몰라요! ⋯저는, 저는 당신 때문에 이 회사에서 버 티고 있는 거잖아요, 싫다구요, 저런 할배 따위, 그런데도, 그런데 도 당신이라는 사람은 요시코 씨만 생각하고 있잖아요."

(大寫) 준코, 하염없이 울다가 결국 다쓰야의 무릎으로 쓰러져 얼굴을 묻은 채 흐느껴 운다.

장면 123
에이스케, 사장실에서 신문을 눈으로 훑고 있다.

장면 124
신문 기사

조선제사의 동맹휴업 곧 해결될 듯
다쓰야 공학사의 온정

이전부터 분쟁 중이던 조선제사회사의 임금 인상 동맹휴업사
건이 7일 밤 직공 대표자와 곤도 공학사의 회견 결과 회사 측
의 양보로 머지않아 타결될 것으로 보인다. 8일 사장의 정식
임금 인상 발표가 있을 예정이다. 이로써 유혈사태를 몰고 올
뻔 했던 쟁의도 곧 해결될 전망이다.

장면 125 - (장면 123에서 이어짐)
(大寫) 에이스케, 신문에서 눈을 떼고 미심쩍게 생각한다.
갑자기 생각난 듯이 다쓰야의 사무실 쪽을 본다.

장면 126

불투명 유리로 준코가 다쓰야의 무릎에 얼굴을 묻은 채 울고 있는 모습이 또렷하게 비친다. (그림자 그림)

장면 127 - (장면 125에서 이어짐)

(大寫) 에이스케, 불쾌한 표정이었다가 점차 질투의 감정을 어쩌지 못하고 (이동) 의자에서 일어나 칸막이 문을 닫는다.

장면 128

(7分身) 준코 다쓰야의 무릎에 얼굴을 묻고 울고 있다. 다쓰야는 달래고 있다.

(자막) 준코 씨, 어차피 저는 곧 이 집을 나가야 합니다.

장면 129

준코, 눈물을 거두고 얼굴을 든다.

준코 "그러면, 저도 함께 데려가주세요."

다쓰야 "하지만 난 이 집을 나가면 무일푼인 직공이 됩니다.

자본가의 횡포에는 아주 질렸어,

정말이지, 생각해보면 인도적으로도 중대한 문제니까."

준코는 열심히 말한다. "그러니 저도 어느 공장에서든 일할래
요."

(자막) 그렇지만, 당신의 그 연약한 손으로는 베를 짤 수 없어
요

준코 원망스러운 듯 다쓰야를 보며 말한다.

(자막) 저는 허위로 가득 찬 지금의 생활이 싫어요
가난해도 상관없어요

다쓰야 설득하듯이

(자막) 하지만…

장면 130
격노한 에이스케, 단단히 벼르고 문을 거칠게 열어젖히다
막대기처럼 우뚝 서서 뚫어져라 바라본다.

장면 131 (플래시) (장면 128)

장면 132
에이스케, 갑자기 준코의 뺨을 계속해서 내리친다.

(자막) 잘도 날 가지고 놀았겠다!

다쓰야에게 다가가 말한다.

(자막) 다쓰야, 넌 또 왜 내 허락도 없이 직공들의 요구를 들어준 게냐!

에이스케, 아주 못마땅한 표정으로 따져 묻는다.
다쓰야 "그렇지만 직공들은 이 불경기에 그날 먹을 것조차 없이 살고 있습니다. 우리와 같은 인간이 괴로워하고 있는 거예요, 회사는 어지간히 수익을 벌어들이고 있으니까요"

(자막) 아버지, 부탁드립니다, 이번만큼은 직공들의 부탁을 들어주세요.

에이스케는 점점 더 불쾌한 표정이 된다.

(자막) 바보자식! ……아직도 그런 소릴!

에이스케, 비호처럼 다쓰야에게 달려들어 소라껍질 같은 단단
한 주먹으로 아들을 구타한다.

장면 133
준코, 두 사람 사이로 몸을 던진다.
에이스케, 초조하게 소리친다.

(자막) 준코, 비켜, 비켜, 거기서 비켜!

장면 134
준코, 용감하게 머리를 좌우로 흔들며 거부하고 말한다.

(자막) 다쓰야 씨는 잘못 없어요, 노여우시다면 절 때리세요

다쓰야는 자기 몸으로 준코를 감싸려고 한다.
준코는 "제가…제가…"라며 애가 탄다.

에이스케는 아연하게 그 모습을 바라보다가 화가 머리끝까지 치밀어 소리친다.

(자막) 각오해라!

에이스케, 분노를 실어 준코의 머리채를 쥐고 마구 구타한다.
준코 기절한다.
그녀가 기절하자 에이스케, 다쓰야를 노려보며

(자막) 지금 당장 나가라! 이 여자가 그렇게 갖고 싶으면 주겠다!

에이스케, 여자를 내치고는 거칠게 나간다.
다쓰야, 다급하게 정신을 차리고 준코를 간호한다.

장면 135
사카이 준코, 총독부 병원 제2동 3호실에 입원해 있다.
가만히 동백꽃을 바라보고 있다.

장면 136

(大寫) 바람도 없는데 동백꽃이 톡 하고 테이블 위로 떨어진다.

사죄의 말씀

연말이 다가오면서 필자도 상당히 다망합니다.

앞으로 1권 반 분량은 줄거리를 적는 것으로 대신하려 합니다.

아울러 이 기회에 조선영화예술협회[14])에서는 영화의 길로 정진하려는 순진한 젊은이들을 기꺼이 회원으로 맞이하고자 합니다.

제4권 후반

1, 사카이 준코는 에이스케에게 구타를 당해 위독해진다. 다쓰야가 열심히 간호한다.

2, 도쿄에서 초라한 신세로 머물고 있는 박사 다케가미 미쓰노신은 조카 딸 요시코를 계속 걱정한다.

3, 이광주의 거처에서 머물고 있는 요시코도 늙은 숙부를 걱정하는 한편, 사랑하는 아들 아키오의 성장을 낙으로 삼으며 언젠가는 스다 다카아키가 미몽에서 깨어나 자신의 품으로 돌아올 날을 기원하고 있다.

---

14) 1927년 3월 발족한 최초의 조선영화인 단체. 안종화, 이경손, 이구영 등이 중심이 되어 신인 발굴, 촬영소의 설치, 시나리오 작가 발굴과 영화각본에 대한 연구를 모색하였고, 영화인의 유기적 관계를 추구하는 것이 주목적이었다. (김수남, 『광복이전 조선영화사』, 월인, 2011, 199~200쪽).

4, 조선제사회사 총회에서 곤도 에이스케의 도쿄 전근이 결정된다.

　도쿄 본점의 하급 고용직 중에서 미쓰노신을 발견한다.

5, 직공단의 편이 된 다쓰야는 강경하게 회사 측에 임금 인상 실시를 요구한다.

　회사 측이 완강히 요구를 받아들이지 않자, 곤도 사장이 도쿄로 가기 전에 다쓰야와 직공 노다(野田)가 대표자로서 도쿄로 가서 미쓰노신과 만난다.

제5권 평화 편

6, 다쓰야가 미쓰노신과 함께 조선으로 돌아온다.

　부산역에서 미쓰노신과 조카딸 요시코가 만난다.

7, 다카아키는 노부코에게 농락당하고 있다.

　다카아키에게 질린 노부코는 곤도 다쓰야에게 사랑을 느낀다.

8, 다쓰야를 중심으로 한 준코와의 삼각 관계

9, 다쓰야는 미쓰노신에게서 요시코의 뜻을 전해 듣고 애절한 자신의 애정을 단념하고 다카아키에게 충고한다.

10, 노부코의 자살

11, 다카아키와 요시코의 만남

12, 평화로운 요시코의 생활

‖ 영화각본 ‖

『조선행진곡』

(朝鮮行進曲)

그 첫 번째

무단 촬영, 상연, 방송 금지

미쓰나가 시초(光永紫潮)

조선무대협회

영화각본 『조선행진곡(朝鮮行進曲)』

작가   미쓰나가 시초(光永紫潮)
연재매체 및 기간   『朝鮮公論』 1929년 8월호~11월호(총 4회 연재)

(배경 그림) 조선박람회 포스터 (溶暗)[15]

(자막) (溶明)[16] 1929년 9월 조선박람회 여담

조선행진곡 (溶暗)

(자막) (溶明) 원작 각색

(자막) (溶明) 촬영

(자막) (溶明) 감독

(자막) (溶明) 배역

기관사   구보타 조지(久保田讓二)

---

15) 페이드 아웃(Fade out). 화면이 차차 어두워짐.

16) 페이드 인(Fade In). 화면이 차차 밝아짐.

여동생	오미네(お峰)
화부	이경배(李景培)
여동생	경희(瓊姬)
조선공업주식회사 지배인	쓰시마 고이치(對馬晃一)
조선대학 공과부장 공학박사	요시카와 도모시로(吉川友四郎)
부인	도모에(ともえ)
딸	유리에(百合繪)
카페 여급	미치요(美知代)

부산 구름다리 부두 – 역

(전경) 서서히 항구로 들어오는 관부(關釜)연락선17) 창경환(昌慶
丸)

(전경) 구름다리 옆에 정박한 연락선

(전경) 이등칸 트랩에서 내리는 여객,

요시카와 박사, 도모에 부인, 뒤이어 유리에

(전경) 선상으로부터 마중 나온 인파에게로-

---

17) 제2차세계대전 종료 시까지 부산(釜山)과 일본의 시모노세키[下關] 사이를 운항
하던 연락선.

그 속에서 기관사 제복을 입은 구보타 조지가 손을 들어 손짓해 부른다.

(자막) 유럽 유학을 마치고 돌아온 요시카와 박사
(大寫)[18] 트랩을 내려오는 요시카와 박사

(자막) 도모에 부인
딸 유리에

(大寫) 도모에 부인, 유리에를 돌아보고 얘기하면서 트랩을 내려온다.
(전경) 군중 속에서 요시카와 박사에게 다가오는 구보타 기관사
(반신) 구보타가 모자를 벗으며 박사에게 인사한다.

(자막) 어서 오십시오.

(반신) 박사가 미소 지으며 이 청년을 지그시 바라본다.

(자막) 오, 구보타 군…

---

18) 클로즈업.

(반신) 다가서서 이야기 하는 요시카와 박사와 조지, 부인과 딸에게도 인사한다.

박사가 부인을 돌아보며 말한다.

(자막) 내가 늘 얘기했던 겐조(謙藏)씨가 남긴 아들이오.

(반신) 조지가 다시 한 번 부인과 딸에게 인사한다.

(이동) 이야기하며 역으로 가는 네 사람

(전경) 혼잡한 군중을 뚫고 요시카와 박사 일행이 기차에 오른다.

(가능하다면 이 전경 속에 역 구내 시계를 표시해줄 것. 그러나 부자연스럽지 않게)

(자막) 이렇게 열차는 쉬지 않고 달려 경성으로

(大寫) 이제 막 출발하려고 하는 최대급행열차의 기관차, 서서히 움직이기 시작한다.

(이동 - 부감)[19] 차창 밖으로 보이는 조선의 정취 물씬한 온돌

---

19) 부감(俯瞰). 높은 위치에서 아래의 피사체를 내려다보는 촬영 장면. High Angle Shot.

가옥과 미루나무, 까치.

교외

(전경) 울창하게 우거진 커다란 나무 그늘에서 오미네와 경희가
쉬고 있다.

최대급행열차가 지나간다.

(大寫) 서서히 정차하는 기관차

기관차

(大寫) 제동기를 걸며 문득 나무 그늘에 시선을 주는 기관사 조
지

(遠寫) 기관차의 창틀로부터 - 손을 들어 신호를 보내는 오미네,
경희

(7分身) 오미네와 경희, 일어나서 역으로 마중을 간다.

경성역

(전경) 대경성역, 돌진해오는 최대급행열차

(반신) 열차에서 내리는 요시카와 박사, 도모에 부인, 유리에

(전경) 경성역 개찰구로부터 개찰구 밖의 혼잡함

(반신) 자동차에 타는 요시카와 박사 일행…

박사, 자동차 창으로 얼굴을 내밀어 조지에게 말한다.

(자막) 모레 저녁, 지인 대여섯 명과 저녁 식사를 할 예정이니 자네도 꼭 와주게나.

(반신) 구보타 약간 얼굴을 숙이고

(자막) 예, 감사합니다.

　# 용산역 조차고(操車庫) 부근

(大寫) 미소 지으며 경배와 함께 기관차에서 내리는 조지

　(부감) 기관차 위로부터 친밀하게 이야기하며 조차장 문으로 급히 걸어가는 조지와 경배

(자막) 순직한 기관사 구보타 겐조의 아들 조지는 아버지의 유

언을 따라 아버지를 죽음에 이르게 한 제동기의 개조에 전념하며 날마다 성실하게 노력하고 있다.

조차장 문

(반신) 조지와 경배를 기다리는 오미네와 경희

(전경) 조지와 경배가 문으로 나오고, 오미네와 경희가 맞이한다.

거리

(반신 – 이동) 미네코를 중심으로 조지와 경배, 이야기하며 간다.

웃으며 말한다.

(자막) 모레는 휴일인데, 다 같이 인천으로 낚시라도 갈까?

(반신 – 이동) 조지와 미네코, 경배 쪽을 본다. 조지가 대답한다.

(자막) 모레에는 요시카와 박사와 약속이 있어. 곧 박람회 때문

에 상경하실 모양이라서…

아무튼 다음 기회에 가자.

(반신 – 이동) 경배는 유감스러운 듯이 이야기 한다.

네 사람, 어떤 길모퉁이에 다다른다.

(자막) 그럼 할 수 없지. 오늘밤에 들를 지도 모른다.

(전경) 네 사람, 인사하고 헤어진다.

　# 조지의 집

(7分身) 제동기를 비롯해서 잡다하게 놓인 기계들 속에서 조지가 작업복 차림으로 열심히 기계를 만지고 있다. 이따금 책상 위의 설계도를 비교해보면서

(7分身) 오미네가 부엌에서 밥을 지을 준비를 하고 있다. 솥을 든 채 쌀통 뚜껑을 열어보고 가만히 근심에 잠긴다.

(大寫) 쌀통 바닥에 보이는 얼마 남지 않은 쌀.

오미네, 품속을 뒤져 보는데 백동전 두세 개와 동전 약간, 깊은

한숨.

(자막) 몇 년간 각고의 연구를 거듭해온 제동 장치가 거의 완성 단계에 이르렀다.

이제 조금만 더 하면 되는데, 그들의 가계는 그 날 먹을 양식조차 부족한 상황이었다.

(遠寫) 이경배, 한복 차림으로 조지의 집 현관에 선다.

(7分身) 부엌에서 밥을 짓고 있던 오미네, 문득 귀를 기울인다.

그러다 현관 쪽으로 가서 경배와 인사한다.

오미네, 집안을 돌아보고 오빠를 부른다. 조지가 장지문을 연다.

조지의 연구실

(전경) 조지, 경배를 안내하여 방으로 들어온다.

조지, 설계도와 기계를 보여주고 마주 앉는다.

(반신) 경배, 신문을 한 장 펼쳐 조지에게 권한다.

(자막) 형이 세상에 나설 때가 왔네. 꼭 박람회 때까지 완성해서

출품해보지 않겠어?

(반신) 조지, 내밀어진 신문을 들여다본다.

(別寫) 박람회 개최 예보 기사

(반신) 조지, 확신에 찬 듯 고개를 끄덕이며 말한다.

(자막) 그런대로 윤곽이 잡히긴 했어.

그렇지만 아무래도 모형을 하나 더 만들어봐야 할 것 같아.

(반신) 경배, 조지의 더러워진 작업복과 흐트러진 옷차림을 하고 있는 오미네를 보며 동정 한다.

요시카와 박사의 저택

(전경) 박사의 친지와 동료들이 응접실에서 이야기를 나누고 있다.

박사, 조지에게 다가와 어깨를 두드린다.

(반신) 박사, 조지에게 친근함을 보이며 말하고 조지는 송구해 한다.

(자막) 구보타 군, 내가 없을 때는 여자들만 있으니 모쪼록 잘 부탁하네.

자네의 연구에 필요한 게 있으면 뭐든 말해주시오.

(大寫) 조지, 감격에 가득 찬 얼굴로 대답한다.

(자막) 감사합니다. 예.

(반신) 피아노를 치고 있던 딸 유리에, 문득 손을 멈추고 돌아본다.

(遠寫) 아버지인 박사와 이야기 하고 있는 조지

(전경) 유리에, 피아노에서 일어나 선다.

(자막) 아버지인 박사와 함께 조선에 온 아름다운 꽃, 딸 유리에

(大寫) 통통한 볼에 부끄러움을 가득 띄우고

(자막) 어머나, 조지 씨.

(반신) 유리에, 인사를 한다. 박사는 동료와 함께 이야기에 빠져
든다.

저택의 발코니

(반신) 달빛이 엷게 비치는 등나무 의자에 앉은 조지와 유리에
(자막) 당신이 연구하고 계신 제동기에 대해 아버지에게서 들었
어요
정말 대단하세요, 꼭 성공하시길 바라요

(반신) 조지, 감격하여 대답한다.

(자막) 고마워요, 꼭 해내겠습니다.

(반신) 이야기에 열중하는 젊은 두 사람.
(전경) 박사, 손님을 접대하며 발코니를 몰래 훔쳐본다.
(遠寫) 사이좋게 이야기를 나누는 조지와 유리에.
(반신) 박사, 미소 짓는다. 도모에 부인도 따라 미소 짓는다. 박
사는

(자막) 훌륭한 청년이야. 잘 돌봐주시오.

(반신) 부인, 고개를 끄덕인다.

(전경) - 신문사 (좁혀서) 신문사의 문패 - 뛰어나가는 신문 배달부

(전경) - 이 집에서 저 집으로 집집마다 신문을 배달하는 배달부

　# 쓰시마의 집

(반신) 고이치, 저녁 식사를 마치고 차를 마시고 있다.

가정부가 석간을 가져다준다.

아무렇지도 않게 신문을 펼친 고이치의 눈이 어느 한곳을 응시한다.

(別寫) 신문기사

사고를 철저히 방지하는 제동 장치가 완성되다

승무원 구보타 군의 눈물겨운 연구 동기

(大寫) 다 읽고 난 고이치, 감탄한다. "이거 이득 좀 보겠는 걸." 이라고 중얼거린다.

(자막) 같은 시각 -

카페 마루비루(丸ビル)

(전경) 여급 두세 명이 뜨개질을 하고 있거나 편지를 쓰거나 하고 있다.

여급 미치요, 한 장의 신문을 펼쳐든다.

(大寫) 신문을 읽는 미치요의 표정이 점차 감격으로 물든다.

그리고 동료에게 말한다.

(자막) 어쩜, 이 넓은 세상에는 이런 사람도 있구나.

잠깐만 류 짱, 이것 좀 봐.

(반신) 신문을 밀어준다. 여급 B, C, D, 미치요를 둘러싸고 이야기를 나눈다.

기관차

(전경) 조지와 경배는 열차를 운전하고 있다.

(大寫) 조지, 경배를 돌아보며 말한다.

(자막) 어쩐지 생각만큼 제동기가 말을 듣질 않네. 상태가 좋지 않아.

(반신) 경배, 반신을 굽히고 제동기를 들여다본다.

    # 조지의 집

(반신) 조지는 제동기를 손보고 있고 여동생은 열심히 바느질을 하고 있다.
오빠가 여동생을 돌아보며 말한다.

(자막) 지금 2백원만 있으면 새 전동기를 한 대 살 수 있는데…

(반신) 오미네, 걱정스럽게 머리를 숙인다.

    # 조지의 집 밖

(전경) 미치요, 인력거를 타고 공동주택 마을로 들어선다.
인력거꾼이 땀을 닦으며 집집마다 걸린 문패를 보다가

어떤 누추한 집 앞에 멈춰 선다.

(7分身) 미치요, 인력거에서 내린다. 거침없이 현관으로 걸어간다.

(반신) 현관문에 손을 댄다. (스스로를 돌아보고) 자기 모습을 살펴보다 손을 뗀다.

장지문 틈으로 엿본다.

(遠寫) -순간- 조지의 집에서 남매가 2백원만 있으면 전동기를 살 수 있을 것이라는 대화를 하는 장면의 이중 노출.

(전경) 엿보고 있는 미치요, 그 모습을 의심스러운 듯이 빤히 쳐다보며 속닥이는 여자들.

(반신) 미치요 문득 뒤를 돌아본다. 여자들의 수근대는 소리가 귀에 들어온다. 미련을 남긴 채 서둘러 돌아간다.

골목길

(전경) 골목길에 어울리지 않는 호화로운 자동차가 들어온다. 동네 아낙들이 둘러싼다.

(반신) 문을 열어주는 운전수, 차에서 내리는 쓰시마 고이치.

(전경) 연립주택 집집마다 걸린 문패를 보며 걷는 운전수와 쓰

시마 고이치.

(大寫) 구보타 조지의 표찰

(반신) 현관에 서서 안내를 청한다. 오미네가 나온다. 고이치 명함을 내밀고 찾아온 뜻을 말 한다. 오미네 뜻을 받아들여 안으로 들어간다.

조지의 연구실

(반신) 원탁을 사이에 두고 마주앉은 조지와 고이치,
고이치, 세심하게 설계도를 들여다보면서

(자막) 만약 이것이 완성된다면 교통운수의 대혁명입니다.
부디 저희 회사에 양도해주셨으면 합니다.

(반신) 조지, 가볍게 고개를 옆으로 저으며

(자막) 감사합니다. 그러나 아직 두세 군데 불만스러운 부분이 있어서…

(반신) 고이치, 잎담배의 재를 턴다. 오미네, 차를 마시고 나간다.

고이치, 오미네를 빤히 바라본다.

(자막) 이렇게 말씀드리면 굉장히 실례일 지도 모르지만 만약에 불편한 점이 있으시다면 뭐든 사양 마시고…

(반신) 조지, 그 호의에 감사한다.

(반신) 조지와 이야기 하면서 그의 시선은 오미네에게 꽂혀 있다. (호색적인 표현을 요함)

(大寫) 반지 하나 없는 새하얀 손 (이중 노출) 윤곽이 정연한 오미네의 풍모

(자막) 어떻습니까, 대단한 건 못해드려도 혹시 타자를 칠 수 있으시면 마침 한 명 결원이 생겼습니다만…

(반신) 조지, 대답한다.

(자막) 아직 아무 것도 모르는 아이지만 만약 그런 일이 있다면

114

잘 부탁드립니다.

요시카와 박사의 저택

(전경) 넓디넓은 화단에 여름 꽃이 가득 피어있다. 박사의 딸 유리에, 물조리개로 물을 주고 있다.
(大寫) 백합 한 송이를 꺾는 유리에

유리에의 서재

(전경) 유리에, 꺾어온 꽃을 꽂는다. 그리고 책상에 앉아 편지를 쓴다.
(大寫) 유리에의 등 뒤로부터
이전에는 실례했습니다.
제가 보기에 조지님께서 요즘 너무나도 여위신 것 같아서…
(전경) 계속해서 편지를 쓰는 유리에, 가정부가 들어온다.

(자막) 아가씨, 구보타 조지님께서 오셨습니다. 어머님께서 응접실로 오시라고 하십니다.

(이동) -유리에의 등 뒤에서-

유리에, 응접실로 들어선다. 문을 열 때 맞은편에서 오는 조지에게 목례할 것.

(7分身) 어머니 도모에 부인, 유리에, 조지 이야기를 하고 있다.

(大寫) 전화벨이 울린다, 유리에 수화기를 든다, 어머니를 바꿔준다.

(7分身) 어머니가 수화기를 들고 이야기한다.

(자막) 네, 네…괜찮습니다. 3시라고요, 네.

(7分身) 유리에와 조지가 이야기를 나누는 곳으로 부인이 들어온다.

그리고 유리에에게 말한다.

(자막) 나는 애국부인회 간사회에 가야 하니까 뭐든 맛있는 요리를 대접해드리면 좋겠어요

(전경) 도모에 부인, 조지에게 인사하고 나간다.

(7分身) 유리에, 부끄러운 듯이 조지를 훔쳐보면서 말한다.

(자막) 조지 씨, 당신 요즘 너무 마르셨어요. 뭔가 걱정거리라도 있으신 거 아닌가요?

(7分身) 조지, 일부러 쾌활함을 가장하며 대답한다.

(자막) 아니오, 최근에 자주 밤을 새워서 그럴 겁니다.

　# 화단

(전경) 여름 꽃이 가득 핀 화단을 내려다보고 있는 조지와 유리에

(7分身) 유리에, 부끄러운 듯 하지만 진지하게.

(자막) 조지 씨.

(7分身) 조지, 유리에를 본다.
(大寫) 유리에의 새하얀 목덜미가 떨리고 있다.

(자막) -가장 작은 문자로-

어머니도 그렇게 말씀하시지만, 제 마음을 알아주시지 않겠어
요?

(7分身) 굳어버린 조지, 더듬거리며 말한다.

(자막) 그러나 아가씨, 저는 일개 직공입니다.

(大寫) 눈에 눈물을 가득 담은 유리에, 참지 못하고 조지의 가슴
에 얼굴을 묻고 운다.

귀금속 상점

(전경) 쓰시마 고이치가 들어선다. 점원이 맞이한다.
(7分身) −이중 노출− 이것저것 금반지를 고르는 고이치
(이중 노출) 이전 화면에 겹쳐서 미소 짓는 미치요 (겹쳐서) 오
미네의 얼굴
(7分身) 돈을 지불하고 두 개의 반지를 산다.

(자막) 같은 시각에 벌어진 일

조지의 집

(전경) 오미네, 식사를 준비하고 있다.

(7分身) 부엌 입구에 서서 오빠를 기다린다.

(遠寫) 지나가는 건 오빠가 아닌 다른 사람들뿐이다.

곧 쓰시마 고이치가 차를 타고 들어선다. 조금 취해 있다.

(반신) 고이치가 차에서 내린다. 오미네 인사하고 집으로 맞아들인다.

(반신) 다다미방에 마주 앉은 오미네와 고이치.

고이치, 점차 오미네에게 무릎걸음으로 다가간다.

(자막) 오미네 씨, 이건 별거 아닌데 젊은 분한테는 하나 정도 있으면 좋은 겁니다…

어디 손 좀 줘봐요

(7分身) 오미네, 부끄러운 듯 손을 내민다.

(遠寫) 이경배, 골목길을 걸어 조지의 집으로 다가온다.

(7分身) 고이치, 오미네의 내민 손을 꼭 쥔다.

(그림자 촬영) 점차 몸을 붙여오는 고이치, 몸을 피하는 오미네.

발버둥치는 오미네.

(大寫) 완전히 쓰러진 채 울고 있는 오미네.

(7分身) 경배, 현관에 서서 불러봐도 대답이 없자 고개를 갸웃하며 안으로 들어선다.

(7分身) 경배, 장지문을 연다.

(大寫) 쓰러져 있던 오미네, 얼굴을 들고 눈물로 빛나는 눈을 그에게 돌리며

(자막) 나, 분해…

(7分身) 경배, 상냥하게 위로하고 오미네, 여전히 울고 있다.

‖ 영화각본 ‖

『조선행진곡』
(朝鮮行進曲)
그 두 번째

무단 촬영, 상연, 감상 금지

●

미쓰나가 시초(光永紫潮)

조선무대협회

카페

(전경) 휘황찬란한 샹들리에가 빛나는 카페 현관.

젊은이들이 드나드는 가운데 고이치가 차에서 내려 들어온다.

(전경) 능숙하게 손님 사이를 누비는 여급 미치요.

젊은이 두세 명이 그녀를 위해 건배한다.

고이치, 계속해서 안으로 들어온다. 미치요, 그를 재빨리 발견한다.

그리고 두 사람은 위층으로

(大寫) 우울한 얼굴의 미치요, 맥없이 서 있다.

고이치가 그 이유를 묻자 미치요가 얼굴을 들고 말한다.

(자막) 고향에 계신 어머니가 병으로 입원하셨어요…

아무래도 2백원이 필요한데.

(7分身) 고이치, 미치요의 손을 잡고 반지를 끼워준다. 미치요, 가볍게 답례한다.

(자막) 찬란한 아침이 찾아오고…

(7分身) 나갈 준비를 마친 조지, 오미네의 배웅을 받으며 현관을 나서 구두를 신는다.

문득 던져 넣어진 편지봉투 한 장을 발견한다.

(大寫) - 봉투의 겉면 -

경성 아오바쵸(靑葉町) 53

구보타 조지 님

- 봉투를 뒤집으면 -

미치요

(7分身) 이상한 듯이 봉투를 뜯어 읽어 내려가는 조지, 점차 기쁨과 감사에 빛난다.

(別寫) -편지-

참으로 실례인 줄은 알지만 당신의 귀중한 연구에 조금이라도 보탬이 된다면 저는 더할 나위 없이 기쁠 것 같습니다.

2백원을 동봉하오니 부디 자유롭게…

(大寫) 편지를 펼치는 손, 안에서 떨어지는 조선은행 수표 2백원.

(7分身) 조지, 오미네와 함께 이 미지의 여성으로부터 온 편지를 들여다본다.

오미네가 말한다.

(자막) 오빠, 알겠다. 요시카와 아가씨 아닐까…분명…

(7分身) 오빠 조지는 출근하고, 오미네는 집안으로 들어간다.

철도국 운수과

(반신) 책상 앞에 앉은 과장은 조선박람회 총재관 전하의 방문을 맞이하는 운전을 맡을 모범기관사를 고심해서 고르고 있다. 이력서, 사진 등이 산더미처럼 쌓여 있다.

역 구내

(遠寫) 기관차가 들어온다

(大寫) 조지, 제동기를 건다. 열차가 멎는다. 조지 경배는 열차에서 내린다.

(전경) 쭈그리고 앉아서 잡담을 나누고 있는 기관사 화부의 무리, 급사가 와서 말한다.

(자막) 구보타 씨, 과장님이 부르십니다.

(7分身) 조지, 경배에게 "좀 늦을 지도 모르겠다."고 말하고 사무실로 들어간다.

운전과장의 방

(반신) 운전과장이 조용히 담배 연기를 내뿜고 있다.

(자막) 예의 제동장치는 어떤가…하루라도 빨리 완성을 보고 싶은데…
(7分身) 구보타 말을 아끼며

(자막) 아직 진정으로 완전한 단계까지는 도달하지 못했습니다.

이제 곧입니다.

(7分身) 과장 미소 지으며

(자막) 실은 이번에 총재 전하가 조선에 오시는데[20] 자네와 가나다(金田) 군에게 운전을 맡기고 싶네만…

(大寫) 조지 겸손하게 말한다.

(자막) 예. 감사합니다. 하지만 아직 선배님들도 많이 계시니까.

역 구외

(7分身) 오미네, 경희 돌아오는 오빠를 기다리고 있다.
(遠寫) 돌아오는 경배
(전경) 세 사람 만난다.
(7分身) -세 사람의 등 뒤로부터 이동- 걸어가면서 경배가 말한다.

---

20) 이하 총재에 대해 경어(敬語)가 사용된 부분은 당시 시대상 반영을 위해 원문 그대로 경어로 옮겼다.

(자막) 구보타 군이 오늘밤엔 늦을 거랍니다. 밤에 제가 찾아갈 게요

(전경) -오미네의 등 뒤로부터 아래로 해가 저물어가는 마을, 두부 상인, 그 외 저녁을 표상하는 것

(7分身) 오미네 식사 준비를 하고 있다

(7分身) 현관으로 고이치가 기분 좋게 찾아온다. 나온 오미네가 얼굴빛을 흐린다.

운수과

(7分身) 기관고장(機關庫長)을 비롯해서 조지와 가나다를 중심으로 경부선 운전에 대한 중요 협의를 마치고 있다.

(大寫) 기관고장이 말한다.

(자막) 구보타 군, 자네가 연구하고 있는 제동장치를 이 기회에 실험해 보면 어떻겠나.

조지의 집

(전경) 고이치, 점차 오미네에게 다가간다. 오미네는 몸을 피한

128

다.

(大寫) 오미네의 어깨에 놓인 고이치의 다부진 손.

(大寫) 미소 짓는 고이치의 얼굴 (이중 노출) 곤혹스러워 하는
오미네의 얼굴.

기관고 부근

(전경) 조지와 경배, 기관차에 오른다.

조지, 갑자기 강력하게 제동기를 걸고 경배를 돌아본다.

(반신) 일을 하고 있던 경배가 비틀거리다가 쓰러진다. 그리고
활발하게 벌떡 일어난다.

(자막) 이봐, 장난치지 말라구. 깜짝 놀랐잖아?…

(반신) 조지 껄껄 웃는다, 경배 진지한 얼굴로 조지에게 주의를
주듯 말한다.

(자막) 자네, 그 쓰시마라는 사람 조심하지 않으면 안되겠어.

(반신) 조지 잠시 생각하고는, 아무렇지도 않은 듯 말한다.

(자막) 그런 말도 안되는 일이 있으려고? 뭐야 농담한 거지?

(반신) 경배, 더욱 고이치에게 주의하도록 권한다.

　# 조지의 집

(전경) 조지, 돌아와서 장지문을 연다.

(7分身) 책상 위에 엎드려 맥없이 늘어져 있는 오미네.

의아해하며 여동생에게 다가가 앉는다.

(7分身) 조지, 오미네와 마주 앉는다. 조지, 오미네의 손을 본다.

(大寫) 오미네의 손가락에서 빛나는 보석 반지.

(7分身) 그리고 조지는 침통한 얼굴이 되어 말한다.

(자막) 오미네! 오해를 하고 있구나.

나는 아버님이 남기신 모든 재산을 다 써버렸다.

그렇지만 아직, 너를 희생시킬 생각까지 해본 적은 없다…

(7分身) 조지, 오미네를 위로한다. 오미네 쓰러진 채 희미하게 고개를 끄덕인다.

카페

(7分身) 고이치, 미치요와 마주앉아 있다.
고이치, 미치요가 따라주는 잔을 비우면서 말한다.

(자막) 그러니까 이 제동기가 완성되면 그 때 네가 달라는 것도 다 주겠어.
오늘은 미리 축하하는 거라구.

(大寫) 고이치, 미치요의 손을 잡고 반지를 가리킨다.
(7分身) 미치요 가볍게 끄덕이면서 말한다.

(자막) 그 예쁜 분한테 무슨 짓을 할 셈이에요?

조지의 집

(전경) 여급 미치요, 잘 차려입은 차림으로 현관에 선다. 오미네

가 맞아들인다.

(7分身) 미치요는 공손하게 인사하면서 말한다.

(자막) 저는 쓰시마 고이치의 친척입니다만…

(大寫) 오미네, 지난밤의 일을 회상하고 전율한다.

(7分身) 미치요, 집안을 둘러본다.

(遠寫) 찢어진 창호지, 흐린 조명, 어지럽혀진 연구실 등등

책상 위에 놓인 아버지 겐조의 초상

(7分身) 미치요, 그 초상에 시선을 멈추고 가리키며 묻는다.

(자막) 이 분은 누구신가요…

(7分身) 오미네, 돌아가신 아버지라고 대답한다.

미치요, 위태롭게 눈물이 나오려는 것을 눌러 참고 웃음으로 얼

버무린다.

(자막) 오호호호호…제가 그만 실례를 했네요, 너무 우리 아버

지랑 닮으셔서.

(大寫) 대답하며 오미네를 본다. 오미네의 손에 빛나는 금반지.

(大寫) 오미네의 손과 금반지

(7分身) 오미네 미심쩍은 듯이 말한다.

(자막) 엉뚱한 질문이지만 혹시 당신은 며칠 전에 2백원을 보내 주신 분이 아니신지…

(7分身) 미치요, 가슴이 섬뜩하지만 아무렇지도 않은 듯한 얼굴로 가볍게 부정하면서

(자막) 아니오, 모르는 일이예요. 그렇지만 오라버니께서 이런 사업을 하고 계시니 아주 고생이 많으시겠어요

(반신) 미치요 차분하게 말한다. 오미네 이끌리듯이 희미하게 끄덕이면서

(자막) 사흘에 한 번은 먹을 것도 부족해서…정말 부끄럽습니다.

(7分身) 미치요 크게 고개를 끄덕이고는 계속해서 말을 이어간

다.

(자막) 그렇지만 오미네 씨, 오빠의 연구를 훔치려드는 도적이 있습니다. 주의하세요

어떤 좁은 골목

(전경) 조지 돌아온다. 자기 집에서 나온 미치요와 스쳐지나간다.

조지, 주의 깊게 그 사람의 얼굴을 확인하려고 한다.

여자는 양산으로 조지의 시선을 피하며 멀어져간다.

(7分身) 조지 돌아본다, 마침 뒤돌아본 미치요와 시선이 딱 마주친다.

(7分身) 현관 장지문을 연 조지, 다급히 지금 나간 손님에 대해 캐묻고는 조급하게 말한다.

(자막) 너 지금 당장 쫓아가서 모셔오너라…에이 귀찮다, 내가 간다…

(7分身) 오미네와 조지, 다급히 달려나간다.

길모퉁이

(전경) 조지 숨을 헐떡이며 달려온다. 그리고 멈춰 서서 거리를 두리번거린다.

(遠寫) 미치요 막 택시에 오르려던 참이다. 택시 급히 움직이기 시작한다.

조지 손을 들어 다른 택시를 불러 그 뒤를 쫓는다.

(7分身) 여급들, 어떤 사람은 잡지에 빠져 있고, 어떤 사람은 뜨개질을 하고 있다.

미치요가 돌아온다. "언니 잘 다녀오셨어요."라고 인사한다.

(전경) 길에 물을 뿌리던 노인, 자동차에서 조급하게 뛰어나온 조지에게 물을 끼얹는다.

(大寫) 흠뻑 젖은 조지의 정강이부터 구두

(7分身) 노인 송구스러워하며

(자막) 앗! 미안합니다. 이거 엉뚱한 실수를 저질렀습니다.

(7分身) 노인, 멀뚱멀뚱 조지를 바라보며 꾸벅꾸벅 고개를 숙여 사과한다.

조지는 초조해하며

(자막) 방금 돌아간 아가씨를 만나게 해주게. 나는 이런 사람일 세.

(7分身) 조지 명함을 한 장 건넨다.

(전경) 조지가 기다리는 방으로 미치요가 들어온다. 두 사람의 눈이 마주친다.

지그시 바라보는 두 사람. 조지는 말한다.

(자막) 일전에 2백원을 주신 건 당신이지요. 뭐라고 감사의 말씀을 드려야 할지…

(7分身) 미치요 눈이 부신 듯이 조지의 눈을 피하면서

(자막) 아니오, 아닙니다. 하지만 조심하셔야 돼요

당신의 연구를 자기 발명인 것처럼 말을 퍼뜨리고 다니는 사람이 있어요

(7分身) 조지 뚫어지게 미치요를 응시한다.

미치요 눈부신 듯이 그 시선을 무시한다.

조지가 느닷없이 얼빠진 듯이

(자막) 그래, 당신은 기누에(絹枝) 씨죠? 기누에 씨다!

(7分身) 미치요, 격한 충동에 휩싸이지만 곧 시치미를 떼고 평온하게

(자막) 아니오, 아닙니다. 이전에는 어떠했든 지금은 천한 일을 하고 있는 여급 미치요입니다. 단골인 쓰시마 씨가 아무래도 자기 발명인 것처럼 소문을 내고 다니니까, 너무 딱해서 한번 뵙고 말씀드리려고 찾아갔던 거예요.

(반신) 계속해서 말하는 미치요, 열심히 듣는 조지

(자막) 만약 당신이 그런 훌륭한 연구에 곤란을 겪고 계시다면…

일개 여급일 뿐입니다만 뭐든 의논해주세요

(7分身) 말하는 미치요 듣는 조지

(자막) -이중 노출-
미치요 씨-, 손님이예요-!

(7分身) 조지, 더욱 풀리지 않는 의문에 빠진 채 돌아간다.

주의
(이상 조지의 카페에서의 태도는 이러한 사회에 조금도 발을 들여놓은 적이 없던 순정 청년답게 움직여주기 바란다…작가)

　# 조지의 집

(전경) 오미네 잠들지 못하고 바느질을 하고 있다.
(大寫) -오미네의 등 뒤에서- 크게 흔들리는 어깨
(7分身) -측면에서- 그녀는 갈피를 못잡고 헤매고 있다. 오빠에게는 털어놓을 수 없지만 부주의하게 처녀성을 유린당한 것에 대한 작은 분노와 큰 회한이 걸핏하면 바늘을 멈추게 한다.

집 밖

(전경) 고이치, 조금 취해서 장지문 너머로 내부를 들여다본다.

(遠寫) 근심 가득한 얼굴로 바느질을 하고 있는 오미네의 옆얼굴

(7分身) 시치미를 뗀 태도로 고이치가 들어선다.

(7分身) 오미네가 올려다본다. 고이치 점차 다가온다. 오미네가 물러난다.

갑자기 고이치가 손을 뻗어 오미네를 꼼짝 못하게 붙든다. 두 사람 다툰다.

길모퉁이

(전경) 조지와 경배 발길을 재촉하며 돌아온다.

경배가 장지문에 비치는 수상한 그림자를 본다.

(遠寫) 장지문에 비치는 두 사람의 다툼

(전경) 조지, 경배 갑자기 집으로 뛰어든다. 그리고 고이치를 메 다꽂아 쓰러뜨린다.

(大寫) 일어나는 고이치의 험상궂은 형상

(자막) 잘도 날 집어던졌겠다!

(大寫) 분노를 억누르지 못하는 조지

(大寫) 헝클어진 머리로 부들부들 떠는 오미네

(7分身) 오미네 오빠에게 바짝 붙는다. 고이치, 두 사람을 노려 보면서 사라진다.

(자막) 폭풍이 지나간 다음날 아침

(7分身) 공증 사무소의 직원이 온다. 오미네를 곁눈질하며 가재 도구는 물론 연구재료인 제동기에까지 전부 차압 도장을 찍는다.

(7分身) 차갑게 오미네를 내려다보는 고이치, 애원하는 듯한 오 미네

(전경) 고이치 아무에게도 눈치 채이지 않게 연구실 책상 서랍 에서 제동장치의 중요서류를 훔친다.

(大寫) 미소짓는 고이치의 얼굴

(7分身) 조지 돌아온다. 그리고 무심하게 가재도구에 눈길을 준 다.

(別寫) 차압 도장

(7分身) 미심쩍은 표정으로 조지가 소리친다.

(자막) 오미네- 오미네- 오미네-

(7分身) 소리 지르면서 계속해서 집안을 찾아 돌아다닌다. 책상 위에 남겨진 한 통의 유서.

(7分身) 눈물로 빛나는 조지의 비통한 표정. 그는 급히 책상 서랍을 연다.

어수선하게 들쑤셔진 서류. "아아 도둑맞았다." 마음을 풀 길 없는 조지의 비분.

쓰시마의 집

(전경) 조지 단단히 벼르고 쓰시마의 현관에 다다른다.

(7分身) 커튼 뒤에서 고이치 꼼짝도 않고 창문 밖을 지켜보고 있다. 조지가 지나간다. 고이치의 손이 벨에 닿는다.

(7分身) 지하실에서 괴이한 복장을 한 불량배들이 잡담을 하고 있다.

(大寫) 벨이 날카롭게 울린다.

(7分身) 일제히 일어난다. "왔군."

쓰시마의 집 현관

(반신) 조지가 찾아온다. 가정부가 맞이한다.

쓰시마의 집 응접실

(7分身) 가정부가 명함을 가져온다. "이리로 모셔"라고 말한다.
조지 들어온다.
(大寫) 조지 침통한 표정으로 원탁 위로 오미네의 유서를 고이
치에게 들이대며 말한다.

(자막) 당신 참 무서운 사람입니다. 어쩌면 이렇게 비열합니까.
온정을 베푸는 척 하면서 도둑질을 하다니…

(7分身) 고이치 냉정하게 웃으며

(자막) 말조심하시지, 비열하다는 둥, 도둑질이라는 둥.

쓰시마의 집 복도

(전경) 커튼 쪽에서 응접실에 있는 두 사람의 대화에 귀를 기울이는 미치요 (이중 노출)
또 한편으로 괴한 서너 명이 손발을 걷어붙이고 기다린다.
(7分身) 조지 애원하듯 말한다.

(자막) 어쨌든 지나간 일은 탓하지 않겠습니다.
일전에 가져가신 제 제동장치 서류를 돌려주시오

(반신) 고이치 한층 더 냉소를 띠우고 미심쩍은 표정으로

(자막) 중요서류…언젠가 본 적은 있지만…그게 어쨌다는 거지.

(7分身) 조지 분연히 고이치에게 달려든다.

(자막) 이놈! 이 파렴치한 놈아!

(전경) 두 사람의 굉장한 난투

(7分身) 한쪽 문이 열리고 불량배들이 난입한다.

창 밖

(전경) 미치요 그 모습을 본다.

(大寫) 미치요 갑자기 몸을 날려 조지를 감싸며 비통하게 소리친다.

(자막) 무슨 짓이에요! 이렇게 많은 사람들이 한 명을 괴롭히다니…

(7分身) 일제히 조지에게 달려들던 불량배들 기가 꺾인다.

(大寫) 고이치 화가 나서 고함을 지른다.

(자막) 매춘부! 음탕한 여자야! 제기랄!

(7分身) 고이치, 미치요의 머리채를 잡아 끌고 간다.

(大寫) 미치요 몸부림치며 큰소리로 욕을 퍼붓는다.

(자막) 무슨 말씀을 하시는 거예요!

미치요는 별 볼일 없는 여급이라도 다른 사람의 것을 훔치는 분과는 사귈 수 없어요!

(반신) 조지 불량배와 싸우면서 미치요를 감싼다.

(大寫) 불량배 중 한 명이 권총을 들이댄다.

(7分身) 미치요가 눈치를 채고 미친 듯이 소리친다.

(자막) 위험해, 위험해…

(大寫) 발포한다.

(7分身) 털썩 쓰러지는 미치요

현관

(7分身) 집단구타를 당한 조지를 불량배들 네댓이 문밖으로 내던진다.

그 뒤를 이어 미치요가 조지에게 무너지듯 엎어진다.

(전경) 깊은 밤, 미치요 택시를 부른다.

(자막) 택시-

(전경) 소리가 닿지 않아 허무하게 스쳐 지나는 택시

(반신) 미치요 아픔을 참으며 거리로 나서 한쪽으로 사라진다.

(大寫) 숨이 곧 끊어질 듯한 조지

(전경) 내쉬(Nash)[21] 자동차가 경적을 울리며 지나간다. 운전수 급정차한다.

(7分身) 유리에 차에서 내려 길에 쓰러진 사람을 본다.

그리고 놀란다. 운전수와 함께 조지를 차에 안아 올린다.

(전경) 유리에의 자동차가 사라진다. 그 뒤를 이어 미치요가 택시를 타고 온다.

(7分身) 미치요 차에서 내려 아픈 다리를 누르며 근처를 찾아본다.

(자막) 구보타 씨! 조지 씨-!

(大寫) 비통한 실망의 빛을 띄운 미치요

(전경) 망연히 서 있는 미치요 그런 그녀의 곁으로 심야의 자동

---

21) 미국의 자동차 회사.

차가 계속해서 무심하게 오간다.

‖ 영화각본 ‖

『조선행진곡』
(朝鮮行進曲)
그 세 번째
무단 촬영, 상연, 감상 금지

●

미쓰나가 시초(光永紫潮)

조선무대협회

대학병원

(전경) –이동– 자동차가 멎는다. 유리에와 시중인이 병실로 들어선다.

(자막) 다음날 아침

(7分身) 걱정스러운 듯 들여다보는 유리에.
의식을 잃은 채 잠들어 있는 조지, 미친 듯이 헛소리를 한다.

(자막) 미치오 씨, 위험해! 비키라니까요!

(7分身) 유리에 정답게 조지의 얼굴을 들여다본다.

(大寫) 조지는 한층 더 흥분해서 소리친다.

(자막) 안타깝다! 제기랄!

내 생명보다 소중한 서류를 돌려줘! 파렴치한 놈아!

(전경) 미친 듯이 한탄하는 조지,

그 옆에서 유리에 걱정스러운 듯 의사와 이야기하고 있다.

(7分身) 의사가 유리에에게 말한다.

(자막) 환자가 무엇엔가 흥분하고 있으니 최면제를 놓지요

(7分身) 의사 조지에게 최면제 주사를 놓는다.

  # 평양의 어떤 요정(料亭)

(전경) 오미네, 여주인에게 사정을 말하고 돈을 마련해줄 것을 부탁하고 여주인이 끄덕인다.

(반신) 오미네가 말한다

(자막) 오빠 사업을 위해서 꼭 7백원 정도가 필요합니다만…

(반신) 여주인 가엾다는 듯이 오미네를 바라보면서

(자막) 그런 사정이라면 나도 좀 생각해보지요

(반신) 여주인이 받아들인다. 오미네는 계속해서 간청한다.

(자막) 오미네는 이렇게 '유메지(夢次)'라는 이름으로 평양 권번(券番)에 나타났다.
…오빠에게도 경배에게도 비밀로 하고 몸을 숨긴 채…

(전경) 요정 '오마키노차야(お牧の茶屋)'의 기생들이 거처하는 방, 오미네 화장을 끝내고 옷을 입고 있다.
(大寫) 거울 앞에 앉아 화장을 고치는 오미네

　# 오마키노차야

(전경) 제복을 입은 철도국 직원과 일본 옷 차림의 친구,

두 사람이 다다미방으로 안내받아 들어온다.

(반신) 두 사람이 잡담을 나누고 있다.

이봐, 그 구보타랑 가네코(金子)²²)가 말이야.

(반신) 유메지(사실은 오미네)가 그리운 듯이 말한다.

(자막) 구보타를 아시나요?

문득 미닫이문 쪽을 바라본다.

(大寫) 미닫이문 쪽에 손을 댄 유메지,

점차 머리를 숙이며 철도국원임을 깨닫고 주저한다.

(반신) 제복을 입은 철도국 직원이 말한다.

(자막) 드디어 총재 전하를 맞이할 사람도 결정 났지.

(반신) 철도국 직원이 말한다.

(자막) 아는 정도가 아니지 동기인 걸…

아가씨 왜 그래, 뭐 전할 말이라도 있나?

---

22) 문맥상 '가나다(金田)'의 오기(誤記)로 추정된다.

(반신) 유메지 그저 의미 없이 웃는다. "그냥 어떻게 지내나 싶어서요"

철도국 직원이 놀리듯 말한다

(자막) 허, 그 목석같은 구보타가 아가씨 같은 사람이랑 친하게 지냈다니.

(大寫) 유메지 쓸쓸하게 미소 지으며 "그런 거 아니에요."

(자막) 혹시 다음에 만나게 되시면 이런 여자를 만났다고 얘기해주세요.

(전경) 세 사람 원탁에 놓인 요리를 먹는다, 유메지 잔을 든다.

(자막) 한 달 후

병원의 정원

(전경) 등나무 의자에 기대앉은 조지, 옆에서 간호하고 있는 유

리에, 그곳에 이경배가 찾아온다.

(반신) 조지, 경배와 마주 앉는다. 경배가 말한다.

(자막) 집행관 쪽은 오늘 해금(解禁) 수속을 끝내고 왔어.

이제 그 연구 서류를 돌려받느냐 마느냐가 문제인데,

오히려 정식으로 수속을 밟는 게 좋지 않겠나?

(7分身) 조지 손을 흔들어 조급히 서두는 경배를 막는다.

(자막) 기다려 주게, 그런 일까지 하지 않아도 조리 있게 설득한 다면 알아듣겠지.

카페

(전경) 카페 마루비루의 외부, 활기찬 반주에 이끌린 젊은이들이 드나든다.

(전경) 방과 방 사이, 북적이는 손님, 테이블 사이를 능숙하게 지나다니는 여급들

(7分身) 학생 갑이 곁에 있던 여급에게 말한다.

(자막) 미치 짱은 어디 갔어?

(7分身) 여급 A, 무뚝뚝한 얼굴로 말한다.

(자막) 사람 얼굴을 보자마자 미치 짱 미치 짱이네-
전 미치 짱 파수꾼이 아니라 몰라요

(7分身) 학생 "어이쿠 큰일났다, 화났네"라며 우스꽝스러운 동작,
미안한 듯 학생이 재차 묻는다.

(자막) 미사오 씨, 절대 그런 뜻이 아니라구-
그렇지만 좀 볼 일이 있어서 그래,
미치 짱 있는 곳 좀 가르쳐줘.
(7分身) -미치요의 등 뒤에서 객실 쪽으로-
잘 차려입은 미치요 객석으로 나선다.
(전경) 학생 한 떼가 일어나서 맞이한다.

(자막) 어이 미치 짱!

그대의 회복을 위하여-

(전경) 학생 한 떼가 컵을 비운다.

미치요, 한 사람 한 사람 술을 따라준 뒤 자기도 잔을 들고

(자막) 고마워요! 오무라 씨, 모두의 건강을 위해-

(전경) 미치요를 중심으로 학생들이 미친듯이 춤을 춘다.

(전경) 피아노로 다가선 미치요

(大寫) 건반 위로 춤추는 하얀 손

(大寫) 악보, 조선행진곡

(자막) 조선행진곡

1, 부산 부두

　　붉은 하늘이 밝아오면

　　파도가 잔잔한 넓은 바다

　　바닷길 저 멀리

　　연기를 나부끼는 검은 배

큰 배 작은 배 계속 드나드는
부산의 항구

2, 조선박람회
조선 13도의 여러 산물을
한눈에 볼 수 있네
조선박람회
자아, 함께 가자
자아, 함께 가자

(주의)
조선박람회 협찬회 조선 10경의 가사를 개작하여 피아노곡으로
편곡하면 더욱 좋을 것
(7分身) 입을 크게 벌려 노래하고 있는 학생들
(전경) 노래를 마친 학생들 미치요를 둘러싸고 떠들어댄다.

(자막) 유리에의 정성어린 간호로 하루하루 회복되어가는 조지

조지의 집

(전경) 조지, 연구실에서 제동 장치의 도면을 그리고 있다.
(大寫) 연필을 쥔 채 꾸벅꾸벅 조는 조지

환상

(반신) 괴한 앞으로 몸을 던져 조지를 보호하는 미치요
(반신) 괴한들에게 둘러싸여 매를 맞고 있는 미치요

조지의 집 문 밖

(전경) 찾아온 유리에
(반신) 현관에 선 유리에

연구실

(반신) 문득 잠에서 깬 조지, 목소리를 듣고 일어난다
(반신) 조지, 유리에를 맞아들이고 마주 앉는다.

(大寫) 생각에 잠겨 우울한 표정의 조지

(大寫) 조지의 좋지 않은 표정을 들여다보며 걱정스러워 보이는
유리에

(자막) 조지 씨, 당신 안색이 완전히 흙빛이예요

무리하지 않는 게 좋아요

(반신) 들여다보는 유리에, 조지는 고뇌하며 외치듯이 말한다.

(자막) 나를 위해 희생해준 미치오 씨-

그 사람은 어떻게 되었나 하고…

(大寫) 말을 끝맺고 쓸쓸해진 조지

(7分身) 조지, 유리에 서로 말없이 물끄러미 바라보기만 한다.

  # 조차장

(전경) 조차고로 돌아오는 기관차 여러 대

(7分身) 조지 기관차에서 훌쩍 뛰어내리고 뒤이어 이경배도

161

(大寫) 조지, 경배를 돌아보며 말한다.

(자막) 자신이 생겼어, 총재 전하가 언제 오시든 괜찮아.

(반신) 경배가 피우던 담배를 맛있게 피우는 조지

(반신) 바라보며 기뻐하는 경배

(전경) 도시 곳곳에 내걸린 조선박람회 포스터,

그 포스터를 열심히 보는 시민들

(大寫) 조선박람회 포스터, 그것을 들여다보는 한 시민

(반신) 경성역 근처에 세워진 조선박람회탑

   # 남산공원

(전경) 유리에와 조지, 조선신궁 돌계단을 올라 신사의 울타리

쪽으로 산보한다 - 이동

(반신) 조선신사의 울타리에 기댄 조지와 유리에

(遠寫) 대경성의 부감(俯瞰)

(遠寫) 양산으로 햇빛을 가리고 돌계단을 올라오는 미치요

(반신) 경성 시가를 내려다보고 있는 조지와 유리에의 눈

(반신) 조지 문득 돌계단을 올라오는 부인에게 시선을 주다가
  미치요가 아닌가 의심한다.

(전경) 조지, 그녀가 맞다는 것을 확인하고 소리치며 달려간다.

(자막) 오오, 미치요 씨!
나요, 구보타입니다.

(大寫) 조지 가슴이 북받쳐 말한다.
미치요 조지에게 몸을 맡긴 채 유리에를 쳐다본다.
(遠寫) 반대편으로 멀어져가는 유리에
(반신) 조지와 미치요, 벤치에 앉는다. 조지가 말한다.

(자막) 한 번 찾아뵙고 감사 인사를 드리려고 했습니다…
오늘 처음으로 외출을 허락 받았어요…

(반신) 미치요 그리운 듯이 조지를 보고

(자막) 어머나, 그래도 빨리 나으셔서 다행이예요.

(반신) 미치요 기쁜 듯이 말한다, 조지도 대답한다

(자막) 덕분에 제동기도 완성했습니다. 이번 박람회에 출품할 준비를 하고 있어요

(반신) 미치요는 고민하다가 조지의 사랑이 완전히 유리에에게 옮겨갔다면 여기서 물러나기로 결심한다.
　미치요가 드디어 괴로운 표정으로

(자막) 정말 다행이네요. 저는 그 얘기를 듣는 것만으로…

(大寫) 굳어진 입매의 미치요, 놀라는 조지

(자막) 예?

(大寫) 미치요, 이야기하면서 전방을 바라본다.
(遠寫) 저편 나무 그늘에서 조지를 기다리는 유리에
(반신) 뒤돌아 서로에게서 멀어져가는 조지와 미치요
(遠寫) 멀어져가는 두 사람을 지켜보는 유리에

164

『조선행진곡』
(朝鮮行進曲)
그 네 번째

무단 촬영, 상연, 감상 금지

●

미쓰나가 시초(光永紫潮)

조선무대협회

조선박람회의 날

(반신) 조선박람회의 날 실사

박람회 공예관

(전경) 계속해서 반입되는 공업기계 출품
(반신) 조지 제동기를 설치하고 있다.

부산 부두

(반신) 연락선 트랩을 내려오시는 총재전하

(반신) 고관신사학교 청년단, 부인단의 환영

(반신) 인사를 받으시며 열차에 오르시는 전하

(大寫) 검은 연기를 뿜는 기관차

(大寫) 조지 핸들을 돌린다.

(別寫) 하얀 증기를 내뿜는 경적

(반신) 한길로 거침없이 나아가는 특급열차

(遠寫) 터널을 빠져나가 돌진하는 특급열차

(반신) 도중역에서 기다리는 환영객의 무리

(반신) 귀빈차에서 인사를 받으시는 총재전하

기관차

(반신) 조지 기관부를 운전하고 있다.

(遠寫) 조지의 위치에서 보이는 전방의 변화하는 경치

건널목 부근

(전경) 어떤 시골의 건널목을 조선인 농부가 소달구지를 끌고 막 건너려고 한다.

(遠寫) 돌진해오는 열차

(遠寫) 이제 곧 선로에 들어서려고 하는 소달구지와 농부

(大寫) 조지 깜짝 놀라서 서둘러 경적을 울린다.

(大寫) 하얀 연기를 내뿜는 경적

(遠寫) 느긋하게 오다가 어느새 열차에 치이기 일보 직전에 놓인 소달구지

(大寫) 비상 브레이크를 거는 조지의 손

(전경) 건널목 직전에 와서야 열차가 간신히 멈춰선다.

(大寫) 이제야 깜짝 놀라는 조선인 농부

(전경) 열차 서서히 발차한다.

(자막) 이렇게 열차는 쉼 없이 대경성으로

경성역

(전경) 총재관전하 봉영(奉迎)을 위해 북적이는 경성역 플랫폼

(大寫) 영접 나오신 조선총독, 정무총감각하, 조선귀족

(반신) 역장의 선도로 총재관전하께서는 인사를 하시며 귀빈실로 이동하신다.

(반신) 자동차에 오르시는 총재관전하

운수 사무소

(전경) 구보타, 가나다 두 기관수를 중심으로 운수과장, 조차계장 등이 맥주를 마시고 있다.

운수과장 흔연히 말한다.

(자막) 아무 사고 없이 영접할 수 있었던 건 오로지 두 사람 덕이네, 자아 한 잔 더 들게.

(7分身) 운수과장 맥주를 따라준다

카페 마루비루

(7分身) 가나다, 구보타를 잡아끈다.

(전경) 빛나는 샹들리에 아래로 한창 즐기고 있는 손님들,
그 사이를 누비는 여급들
(大寫) 미치요 재빨리 조지를 발견한다.
(遠寫) 현관으로 들어온 조지와 가나다
(7分身) 문을 밀어젖히고 들어온 가나다와 구보타
(7分身) 달려오는 미치요

(자막) 어머나 구보타 씨 어서 오세요-

(7分身) 미치요가 이끄는대로 위층으로 올라간다.

　# 객실

(7分身) 테이블 위에 양식, 맥주 등 잡다하게 놓여있다.
(7分身) 가나다는 미치요에게 익살스럽게 장난치며 말한다.

(자막) 이봐, 미치요, 나한테도 한턱내도 돼.

(반신) 미치요, 곱게 웃는다.

(자막) 가나다 씨, 고마워요. 다시 한 번 감사드립니다.

(7分身) 말하며 맥주를 따른다. 가나다, 조지의 안색이 좋지 않은 것을 깨닫고

(자막) 구보타, 좀 마시라구. 오늘은 좀 취해도 돼.

(7分身) 어설픈 솜씨로 맥주를 따른다.
(大寫) 넘쳐나는 맥주 거품
(7分身) 가나다 다 따르고나서 자신의 컵을 들고

(자막) 우리들의 미치 쨩을 위해!

(반신) 세 사람, 컵을 높이 들어올린 뒤 마신다
(大寫) 삼분의 일을 비운 조지의 컵
(大寫) 가나다가 더욱 권한다.

(자막) 구보타, 마셔, 마시라구, 자, 내가 따라줄게.

(大寫) 조지 붉어진 얼굴로 곤란해한다.

(大寫) 미치요가 조지의 컵을 들고 말한다.

(자막) 조지 씨는 술 잘 못 드시니까 제가 대신 마셔드릴게요…
자아 가나다 씨 당신을 위해-

(반신) 가나다 활짝 웃으며

(자막) 가나다 씨, 당신을 위해라니 좋은데!

(반신) 가나다 크게 웃는다.

(전경) 가나다 자리를 뜬다.

(반신) 미치요 어디로 가느냐며 따라간다.

(大寫) 가나다 미치요를 돌아보며

(자막) 이봐, 손님을 두고 오는 녀석이 어디 있어!

(반신) 크게 웃으며 가버리는 가나다

(반신) 구보타 뒤를 쫓아 일어나 문 쪽으로 가지만 문이 닫힌다.

객실

(반신) 마주 앉은 조지와 미치요

(大寫) 미치요 취한 상태. 참을 수 없는 사모의 정을 담아 말한다.

(자막) 조지 씨, 정말 잘 와주셨어요…

(大寫) 더 말하고 싶은 것이 있지만 쉽게 말하지 못하는 모습

(반신) 조지 물끄러미 미치요를 본다, 미치요 계속 말을 잇는다

(자막) 조지 씨, 저는 당신 없이는 살 수 없게 되어버렸어요

조지 씨, 오늘밤은 아무 데도 가지 말아요…

(大寫) 미치요, 정열에 불타는 눈동자로 물끄러미 조지를 올려다 보며 절실하게 매달린다.

(大寫) 조지 깜짝 놀란다. 그리고 조용히 뿌리치듯이

(자막) 미치요 씨! 그런, 그런 짓을 하면…

(大寫) 미치요 더욱 조지의 가슴에 얼굴을 묻고 흐느껴운다

(大寫) 크게 흔들리는 미치요의 어깨, 하얀 목덜미

(大寫) 그 모습을 물끄러미 바라보는 조지

공업출품 심사실

(전경) 수많은 공업출품들이 진열되어 있다.

심사위원장 대여섯 명의 심사위원과 함께 출품에 대해 하나하나 품평을 하고 있다.

(반신) 제동기의 출품

(別寫) 명찰, 조선철도국 운수과, 구보타 조지

(전경) 제동기를 둘러싼 심사위원들

(반신) 심사위원이 핸들을 돌린다 (기계장치를 표현) 그리고 말한다.

(자막) 음, 이건 굉장한 발견이다.

(大寫) 심사위원, 설명서를 열심히 읽는다.

(전경) 구도를 중심으로 심사하는 위원들

175

조지의 집

(반신) 조지 책상 앞에 앉아 멍하니 생각에 잠겨 있다.

환상

(大寫) -이중 노출- 순정을 눈동자에 담고 애원하는 듯한 유리에

(大寫) -이중 노출- 정열을 담아 그에게 매달려오는 미치요

(자막) 어쩌면 좋은가, 어쩌면 좋단 말인가?

(大寫) 조지 터질 듯한 머리를 쥐어뜯으며 고민한다.

(자막) 오뇌의 하룻밤이 지나 날이 밝아오고,

(반신) 상쾌한 햇살을 받으며 조지는 멍하니 생각에 잠겨 있다.

176

골목길

(전경) 바깥 골목에 그를 찾아온 유리에

현관

(7分身) 현관에 선 유리에, 조지 장지문을 열고 맞아들인다.
(大寫) 놀란 조지의 얼굴
(大寫) 그럼에도 눈치 채지 못하고 정겹게 유리에가 말한다.

(자막) 조지 씨 축하해요, 특선이래요!

(7分身) 조지 그다지 감격하지 않고 그저 간신히

(자막) 예, 덕분에. 그것도 다 지금까지 음으로 양으로 도와주신
분들 덕분입니다.

현관

(7分身) 현관에 우두커니 서 있는 미치요, 현관 앞에 놓인 신발

을 본다

(大寫) 빨간 끈이 달린 여자 나막신- (이중 노출) 유리에 – 여자 나막신으로 돌아간다

(7分身) 미치요 조용히 올라간다

　# 객실

(大寫) 쓰러져서 울고 있는 유리에

(大寫) 조지 더욱 진지하게 말한다.

(자막) 그런 이유로 저는 고민하고 있습니다.

일면식도 없던 한 여성이 이렇게까지 도움을 준 것에 대해 어찌해야 할 지 고민하고 있는 겁니다.

(大寫) 울면서 끄덕이는 유리에

(7分身) 조지 계속해서 말한다.

(자막) 그러니 박사님께서 돌아오시면 모두 참회하고 해결을 보고 싶습니다.

포상 수여식

(전경) 회장 입구에서 연단 쪽을~

(반신) 정무총감 및 그 밖의 사람들이 대립한 식장

(반신) 단상 위로 올라오신 총재관전하

(大寫) 구보타 조지 포상을 받는다.

대원유회(大園遊會)

(전경) 회장 전경, 수상자와 조정 민간의 명사들이 참여하는 대원유회장

(7分身) 구보타와 유리에 얌전하게 식탁에 자리잡고 있다.

대박람회장

(7分身) 공예관의 구보타 조지의 출품 앞에 멈춰서서 움직이지 않는 미치요

(大寫) 특선상

(大寫) 미소 짓는 미치요 - 점차 우울해지는 그녀의 얼굴

(이중 노출) 제동기가 조지의 얼굴이 되었다가 - 다시 제동기로 바뀐다.

(大寫) 쓸쓸한 미치요의 얼굴, 그리고 중얼거리듯이 말한다.

(자막) 이걸로 된 거야, 이걸로 된 거야.
깨끗하게 그 사람을 단념하자.

(遠寫) 다가오는 조지와 유리에

(7分身) 문득 미치요를 발견한 조지 거침없이 다가와

(자막) 미치요 씨, 감사합니다.

(7分身) 미치요 싹 표정을 바꾸며 (애써 쾌활하게)

(자막) 축하해요. 아가씨, 축하해요
제 할 일은 이걸로 끝났습니다.

(자막) 반 년 후 조지와 유리에는 조선신궁의 신전에서

(7分身) 신전 결혼식을 거행하는 조지와 유리에

(7分身) 박사부처 및 중매인, 그 외 많은 사람들

(전경) 조선호텔에서의 대피로연

- (조선행진곡 끝) -

1920년대 재조일본인 시나리오 선집

초판 1쇄 발행 2015년 6월 26일

엮고 옮긴이 임다함

펴낸이 이대현
편집 권분옥 이소희 오정대 이태곤 문선희 박지인
디자인 이홍주 안혜진 | **마케팅** 박태훈 안현진
펴낸곳 도서출판 역락 | **등록** 303-2002-000014호(등록일 1999년 4월 19일)
주소 서울시 서초구 동광로46길 6-6(반포4동 577-25) 문창빌딩 2층(우137-807)
전화 02-3409-2058(영업부), 2060(편집부) | **팩시밀리** 02-3409-2059
이메일 youkrack@hanmail.net
역락블로그 http://blog.naver.com/youkrack3888

ISBN 979-11-5686-202-4 03830
정 가 11,000원

＊이 도서의 국립중앙도서관 출판예정도서목록(CIP)은 서지정보유통지원시스템 홈페이지(http://seoji.nl.go.kr)와
국가자료공동목록시스템(http://www.nl.go.kr/kolisnet)에서 이용하실 수 있습니다. (CIP제어번호: CIP2015017168)